Salim
Alafenisch

Die Feuerprobe

Zu diesem Buch

Salim Alafenischs Stamm in der Negev-Wüste wird von einer Nachbarsippe des Mordes verdächtigt. Als alle Vermittlungsbemühungen scheitern, willigt der Vater, der Scheich des Stammes, in die radikalste Wahrheitsprobe ein, die das uralte Recht der Beduinen kennt: die Feuerprobe. Wenn sein ältester Sohn die Feuerprobe besteht, gilt der Stamm als unschuldig. Wenn er sie nicht besteht, müssen vier Männer zur Sühne sterben.

Nun beginnt ein viele Jahre dauerndes Drama. Kriege ziehen ins Land, das Leben der Beduinen wird umgewälzt. Doch zuletzt finden sich alle wieder in der Hütte eines Feuerproberichters in Ägypten. Nach altem, magischen Ritual führt er mit einer rot glühenden Pfanne den Wahrheitsbeweis, das Gottesurteil, durch.

Das Geheimnis der Feuerprobe wird Salim Alafenisch nicht mehr loslassen. Er reist zurück zum Feuerproberichter und erforscht dieses Ritual, das bis zum heutigen Tag unter der Oberfläche der Moderne weiterlebt.

»Eine sehr persönliche kleine und doch große Erzählung über ein magisches Ritual, die mit einfachen Worten verzaubert.«
Markus Kilp, Freies Radio Paderborn

Der Autor

Salim Alafenisch wurde 1948 als Sohn eines Beduinenscheichs in der Negev-Wüste geboren. Als Kind hütete er die Kamele seines Vaters, mit vierzehn Jahren lernte er lesen und schreiben. Nach dem Gymnasium in Nazareth und einem einjährigen Aufenthalt in London studierte er Ethnologie, Soziologie und Psychologie an der Universität Heidelberg, wo er heute als freier Schriftsteller lebt. Seit Langem beschäftigt er sich mit der orientalischen Erzählkunst und stellt sie in zahlreichen Autorenlesungen, Rundfunk- und Fernsehsendungen vor. Er liest seine Geschichten nicht vor, sondern erzählt sie frei.

Im Unionsverlag sind außerdem lieferbar: *Die acht Frauen des Großvaters; Das Kamel mit dem Nasenring; Der Weihrauchhändler; Das versteinerte Zelt; Amira. Prinzessin der Wüste; Amira. Im Brautzelt* und *Die Nacht der Wünsche*.

Heine

Salim Alafenisch

Die Feuerprobe

Unionsverlag
Zürich

Die Originalausgabe erschien 2007
im Unionsverlag, Zürich.

Im Internet
Aktuelle Informationen,
Dokumente, Materialien
www.unionsverlag.com

Unionsverlag Taschenbuch 445

Rieterstrasse 18, CH-8027 Zürich
Telefon 0041-44-283 20 00, Fax 0041-44-283 20 01
mail@unionsverlag.ch

Reihengestaltung: Heinz Unternährer
Umschlaggestaltung: Peter Löffelholz
Umschlagfoto: Alex Bischof
Druck und Bindung: CPI – Clausen & Bosse, Leck
ISBN 978-3-293-20445-4
2. Auflage, April 2012

Meinem Vater gewidmet

»Tief ist der Brunnen der Vergangenheit.
Sollte man ihn nicht unergründlich nennen?«

Thomas Mann, »Joseph und seine Brüder«

Die Mordgeschichte, die diesem Buch zugrunde liegt, ereignete sich im Herbst des Jahres 1966. Vierzehn Jahre danach sprach die Feuerprobe das letzte Wort in dem Vorfall.

Immer wieder habe ich den Versuch unternommen, diese Geschichte aus unserer Familie niederzuschreiben, doch ohne Erfolg. Sobald ich mich ihr näherte, entglitt sie mir sogleich wieder. Es schien, als sei die Zeit noch nicht reif, sie in Worte zu fassen, sie literarisch zu gestalten.

Als die magische Zahl von vierzig Jahren erreicht war, drängten sich mir die Erinnerungen geradezu auf. Erfreut packte ich meine alte Schreibmaschine aus und begann zu tippen. Im Adlersuchprinzip kreiste ich die Buchstaben ein. Während die Ereignisse bis dato nicht zu greifen waren, kam nun mein rechter Zeigefinger angesichts der drängenden Gedanken mit Tippen kaum noch mit. Was mochte diesen Sinneswandel veranlasst haben?

Vermutlich nahm die Familiengeschichte Rücksicht auf ihre Akteure: Mein Vater, mein ältester Bruder, mein

Cousin, der Stammesälteste, der Großonkel, der begleitende Scheich, die vier Würdenträger, die das Dokument unterzeichnet hatten, und nicht zuletzt der Feuerproberichter, sie alle sind nicht mehr am Leben. Vielleicht erreichen Geschichten aus der Wüste ihre Reife auch erst nach einer Generation.

Brauchten Moses und sein Volk nicht auch vierzig Jahre, um sich in der Wüste Sinai zu läutern?

Das Schreiben rief Ereignisse wach, die für mich und meine Sippe schicksalsbestimmend waren. Trotz der räumlichen und zeitlichen Distanz durchlebte ich das Geschehen in all seinen Höhen und Tiefen noch einmal.

Zwei Wadis durchziehen unser Stammesgebiet, der Ostwadi und der Westwadi. Beide entspringen in der Westbank. In der Mitte des Stammesgebietes vereinigen sie sich zu einem Hauptwadi, der nach mehreren Kilometern in das breite Flussbett von Beer-Sheva mündet. Dieses ist über den berühmten Gaza-Wadi mit dem Mittelmeer verbunden.

Wenn in den Regenmonaten des Winters die Wadis Wasser führen, sprießen an ihren Ufern Gräser, Kräuter und Blumen. Mensch und Tier stillen ihren Durst und schonen für Wochen die kostbaren Wasservorräte der Zisternen und Brunnen. Die Wasseradern spenden Leben in der Wüste.

Haben die Kinder ihre Wasserschläuche gefüllt, so gönnen sie sich gerne ein Bad, planschen ausgelassen in den Wasserkuhlen und tunken sich gegenseitig unter.

In der Frühlingszeit sind die grünbewachsenen Ränder der Wadis mit ihren zerklüfteten Böschungen und Felsvorsprüngen nicht nur ein bevorzugter Platz der Hirten und ihrer Herden, sie werden auch von Liebenden aufgesucht. Zahllose Geschichten und Gedichte der Beduinen ranken sich um diese Verstecke, in denen man nicht nur den Durst nach Wasser, sondern auch das Verlangen nach Liebe zu stillen sucht.

Der Traum eines jeden Hirten geht in Erfüllung, wenn sein Kopf in dem Schoß der Geliebten ruht und seine Augen sich am Anblick der weidenden Tiere ergötzen. Sucht ein junger Hirte des Öfteren einen bestimmten Wadi auf, so vermutet man eine Liebesspur.

Doch der Wadi birgt auch Gefahren in sich. Nach heftigem Regen werden in kürzester Zeit aus Rinnsalen reißende Fluten, deren Wellen höher schlagen als die mittlere Zeltstange. Nicht umsonst wird der Respekt vor den Wasserfluten den Kindern von klein auf beigebracht. Wie oft betrachteten wir Kinder vom nahen Hügel aus dieses Naturschauspiel. Noch vergnüglicher und spannender wurde es für uns Kinder, wenn Stammesbewohner den überfluteten Wadi überqueren mussten.

Eines Winters, es war in den Fünfzigerjahren, hatte sich der Regen verspätet. Das Saatgut, das die Vögel übrig gelassen hatten, lag verdorrt in der Erde, die Trockenheit schien kein Ende zu nehmen. Das Verlangen von Mensch und Tier nach Wasser wuchs von Tag zu Tag. Zwar war der Himmel mit dunklen Wolken bedeckt, doch spendeten sie keinen Regen, der Wind trieb sie davon.

Eines Nachts, es mag schon gegen Ende des Winters gewesen sein, setzte der Regen mit aller Kraft ein. Wieder einmal bestätigte sich der Spruch unserer Vorfahren: Der Regen ist wie ein Dieb, man weiß nie, wann er kommt.

Am Abend noch waren wir um die Feuerstelle geschart und bewirteten einen Gast von einem anderen Stamm. Gegen Mitternacht, nachdem dem Gast ein Nachtlager zugewiesen war, löste sich die gesellige Runde auf. Jeder legte sich auf seinen Schlafplatz, und allmählich breitete sich Stille im Zeltlager aus.

Als der erste Hahnenschrei das Morgengebet ankündigte, schien der Himmel sein Krähen zu erhören. Er öffnete seine Schleusen. Der Regen klatschte auf die ausgedörrte Erde und peitschte gegen das Zeltdach.

Im Nu waren alle Zeltbewohner auf den Beinen. Um ein Überfluten des Zeltes zu verhindern, stürzte meine Mutter mit der Hacke in der Hand hinaus und versuchte, die Regenrinne rund um das Zelt zu vertiefen. Währenddessen zurrte mein Vater die schwankenden Zeltseile fest und klopfte die Pflöcke tiefer in die Erde. Doch bald bahnten sich die ersten Rinnsale ihren Weg durch das Zelt und erreichten bereits die Feuerstelle. Das Brennmaterial wurde feucht. Kinder rollten die bunten Teppiche zusammen und stapelten sie in einer trockenen Ecke.

Mein Vater legte ein paar trocken gebliebene Holzscheite aufeinander und fachte das Feuer an, um mit Zimt gewürzten Tee zu kochen. Er überreichte dem Gast das erste Glas: »Der Tee wird dein Herz und deine

Hände aufwärmen.« Während er den Kessel am Rand der Feuerstelle abstellte, gab er seiner Freude Ausdruck: »Nun ist der lang ersehnte Regen da, endlich füllen sich die Zisternen wieder mit Wasser.«

Der Gast schien diese Freude nicht ganz zu teilen. »Ich mache mir Sorgen um meine Familie.«

Mein Vater öffnete den Zelteingang. »Schau dir das Wetter an. Reiten kannst du nicht, dein Kamel würde ausrutschen und sich die Beine brechen.«

Der Gast wurde nachdenklich. »Ich werde die Strecke zu Fuß bewältigen. Mein Kamel hole ich bei Gelegenheit ab.«

Ohne weiter Zeit zu verlieren, verabschiedete sich der Besucher und machte sich auf den Weg.

Es dauerte nicht lange, da stand der Gast wieder vor dem Zelt, aufgeregt schnaufend. »Ich benötige eure Hilfe. Der Wadi ist überflutet, die Wellen schlagen hoch.«

»Du kannst auf unsere Hilfe zählen«, beruhigte ihn mein Vater und rief eine Handvoll Männer zusammen. Mit hochgeschürzten Gewändern und Seilen in den Händen stapften sie über den aufgeweichten Boden in Richtung Wadi. Wir Kinder liefen ihnen laut johlend nach.

Mächtige braune Fluten rauschten durch den Wadi, die Wellen brachen sich an der Uferböschung.

Mein Vater, gefolgt von den Männern, lief am Ufer auf und ab, um eine geeignete Stelle für die Überquerung zu finden. »Hier ist der Wellengang am schwächsten«, stellte er fest. Mit seiner rechten Hand griff er nach seiner Kopfbedeckung und schwenkte das weiße Tuch. Auf dieses Signal hin eilten die Männer aus den Zelten am gegenüberliegenden Ufer herbei.

Nachdem sie sich mit Rufen und Gesten verständigt hatten, warf mein Vater mit all seiner Kraft ein Seilende zum anderen Ufer hinüber, das dort geschickt aufgefangen wurde. Ein zweites Seil folgte.

Wir Kinder hockten unterdessen auf dem nahen Hügel und betrachteten das Geschehen mit einer Mischung aus Angst und Faszination.

Der Gast wagte nun das kühne Unternehmen, sich zwischen den zwei gespannten Seilen durch die Fluten hindurch zu hangeln. Die hagere Gestalt, die tapfer gegen die Strömung kämpfte, schwankte hin und her, an der tiefsten Stelle ragte nur noch ihr Kopf aus der braunen Brühe.

Man sparte nicht mit Ratschlägen. Von beiden Uferseiten hörten wir Kinder: »Krall dich fest! Gib nicht auf! Du hast es bald geschafft!«

Der Gast reckte den Kopf und japste nach Luft. In diesem Moment erfasste ihn eine hohe Welle, die Gestalt verschwand.

»Der Gast! Der Gast!«, schrie mein Vater entsetzt. »Gebt nicht nach, haltet die Seile!«

Uns Kindern stockte der Atem.

Einen Augenblick danach tauchte der schwarze Haarschopf des Mannes aus den Fluten auf. Mein Vater atmete erleichtert auf.

Mit letzter Kraft kämpfte der Gast gegen die Wellen.

»Du bist nicht weit vom Ufer«, ermunterten ihn die Männer.

Die Spannung legte sich erst, als die Helfer vom gegenüberliegenden Ufer seine Hand erhaschten und ihn aus dem Wasser zogen.

Der Gast schlotterte. »Meine Kopfbedeckung, meine Kopfbedeckung«, stammelte er.

»Dein Kopftuch schwimmt auf den hohen Wellen des Wadis, es ist auf dem Weg zum Meer.«

»Gut, dass du dich von deiner Kopfbedeckung getrennt hast«, schmunzelte ein anderer, während er seine wunden Finger rieb. Jemand zog seinen Fellmantel aus und legte ihn dem Gast um die Schultern. Dieser bedankte sich nach allen Seiten und winkte uns zum Abschied zu.

Nach und nach hielt die Moderne Einzug in unser Stammesgebiet. Immer mehr Kamele, Pferde und Esel mussten motorisierten Fahrzeugen weichen, die laut ratternd ihre Spuren durch den Sand zogen und stinkende Rauchschwaden und Staubwolken hinter sich ließen. Im Sommer rauschten die Blechkisten mit Vollgas durch die Wadis, die Wasserfluten des Winters jedoch setzten dem Treiben dann ein Ende.

Es kam, wie es kommen musste: Als Mitte der Sechzigerjahre die Verbindungsstraße von Beer-Sheva zum Toten Meer gebaut wurde, streifte sie das Stammesgebiet und unser Hauptwadi wurde mit einer Brücke überspannt. Mensch, Tier und die Blechkisten konnten von nun an den Wadi ungehindert überqueren, die Seile wurden eingemottet.

Es war ein klarer Morgen im Spätsommer des Jahres 1966. Die größte Hitze des Sommers war vorüber, die Nächte wurden kühler, und die Ziegen suchten auf den abgeernteten Feldern nach den letzten Halmen.

Mein Vater schaltete, wie gewöhnlich am frühen Morgen, das große Radio an, um Nachrichten zu hören. Überzeugt davon, man müsse verschiedenen Radiosendern lauschen und ihre Informationen vergleichen, um der Wahrheit nahe zu kommen, suchte er zunächst den ägyptischen, dann den jordanischen und schließlich den israelischen Sender. An dieser Reihenfolge hielt er eisern fest, seit wir den ersten Radiokasten im Scheichzelt hatten.

Aufgrund der Ernsthaftigkeit der Stimme und der Art des Vortrages, hielt er manche Sender für glaubwürdiger als andere und schenkte ihren Worten mehr Vertrauen.

Die Nachrichten des Tages begannen mit dem ägyptischen Sender *Die Stimme der Araber.*

»Die große Brücke an der Straße zwischen Beer-Sheva und dem Toten Meer im besetzten Palästina wurde in der vergangenen Nacht von einer heftigen Explosion erschüttert«, lautete die erste Meldung.

Mein Vater horchte auf.

»Die im vergangenen Jahr gegründete palästinensische Befreiungsbewegung Fatah hat die Verantwortung für den Anschlag übernommen.«

»Das Radio lügt«, kommentierte der Stammesälteste die Meldung. »Gestern Abend bin ich auf meinem Esel über die Brücke geritten.«

Mein Vater kratzte sich an den Schläfen. »Der Mann im Radio hat von Nacht gesprochen. Warten wir ab, lass uns erst einmal frühstücken«, schlug er vor und reichte dem Stammesältesten ein Stück Fladenbrot. »Nachher hören wir das jordanische Radio.«

Allmählich kam Leben im Zeltlager auf. Rauchschwaden stiegen aus den Zelten empor. Zicklein und Lämmer, die abends von der Herde getrennt wurden, blökten hungrig nach ihren Müttern.

Als mein Vater um Punkt sieben Uhr erneut am Knopf des Radios drehte, war ihm die Anspannung ins Gesicht geschrieben.

»Hier ist die Stimme des haschemitischen jordanischen Königreiches. Seine Majestät, Gott möge ihn beschützen, König Hussein von Jordanien und seine Gemahlin, die Königin, sind von einem Staatsbesuch in den Vereinigten Staaten von Amerika zurückgekehrt. Seine Majestät hat zahlreiche und erfolgreiche Gespräche geführt.«

Als diese Meldung in aller Länge und Breite noch weiter ausgeführt wurde, riss dem Stammesältesten der Geduldsfaden: »Das ist keine Neuigkeit, diese leeren Worte kennen wir zur Genüge.«

Die Radiosprecherin legte eine Atempause ein.

Mein Vater mahnte mit einem Handzeichen zur Stille.

»Gestern Nacht verübte der palästinensische Widerstand einen Anschlag auf eine Brücke an der Verbindungsstraße zwischen Beer-Sheva und dem Toten Meer im besetzten Palästina. Der Verkehr kam zum Erliegen«, ließ sich die Stimme vernehmen.

»Die Nachricht bestätigt sich«, bemerkte mein Vater.

»Wir müssen wohl unsere Seile wieder auskramen«, folgerte der Stammesälteste trocken.

»Warten wir die israelischen Nachrichten ab«, meinte mein Vater, während er am Radioknopf drehte.

»In der vergangenen Nacht gab es einen Versuch, die Brücke an der Straße zwischen Beer-Sheva und dem Toten Meer zu sprengen. Der Anschlag schlug fehl, der Verkehr fließt ungehindert«, ließ sich die Stimme aus Jerusalem vernehmen.

Die Runde murmelte und blickte meinen Vater fragend an.

Der Scheich wusste auch keine Antwort. »Die Meldungen liegen weit auseinander«, meinte er, »wir müssen die Sache selbst in Augenschein nehmen.«

»Du hast recht«, stimmte der Kadi ihm zu. »Der Tag hat Augen. Das Licht bringt die Wahrheit an den Tag.«

Mein Vater wandte sich an mich: »Schnell, lauf mit ein paar Jungs zur Brücke und schau nach!«

Ohne weiter Zeit zu verlieren, rannte ich mit Said und Josef los. Atemlos erreichten wir einen Hügel, der uns einen freien Blick auf Straße und Brücke bot. Damit uns keiner bemerkte, legten wir uns auf den Boden und beobachteten das Geschehen. Die Brücke schien noch zu stehen. Polizeiwagen mit Blaulicht standen am Rande, Polizisten liefen geschäftig hin und her.

Wir warteten ab.

Es dauerte nicht lange, bis die Polizisten einstiegen und die Wagen in einer Kolonne in Richtung Beer-Sheva davonfuhren. Wir nahmen die günstige Gelegenheit wahr und schossen wie Pfeile den Hügel hinab.

»Ich klettere in den Wadi, um den Bauch der Brücke abzusuchen«, rief Josef, »und ihr beiden untersucht die Oberseite.«

Der Verkehr hatte sich normalisiert, manche Autofahrer drückten auf ihre Hupe, andere winkten uns freundlich zu.

»Kommt runter! Kommt runter!«, hallte Josefs Stimme im Wadi.

Am westlichen Rand der Brücke, wenige Schritte von einem alten Tamariskenbaum entfernt, hatte Josef eine schwarze Stelle entdeckt. Neugierig steckte er seine Hand in die dunkle Vertiefung, dann schnupperte er an seinen Fingern. Er nieste: »Riecht mal, es stinkt nach Pulver.«

»Du hast recht«, nickten wir, »das muss die beschädigte Stelle sein.«

»Lasst uns schnell zum Zeltlager zurücklaufen, mein Vater wartet auf mich«, trieb ich die beiden Freunde zur Eile.

Um schneller laufen zu können, zogen wir unsere Schlappen aus. Said stolperte über einen Steinbrocken und landete beim Fallen auf einem Dornbusch.

Er schrie, sein rechtes Knie blutete. Vorsichtig entfernten wir die Dornen, sodass er uns humpelnd folgen konnte.

Im Scheichzelt wurden wir mit neugierigen Blicken empfangen.

»Wir haben die Brücke von allen Seiten gründlich untersucht«, begann Josef.

»Wie eine Mutter den Kopf ihres Kindes nach Läusen«, bestätigte ich.

Der Stammesälteste wurde ungeduldig: »Und? Habt ihr etwas entdeckt?«

»Ich habe die Stelle gefunden«, brüstete sich Josef. »Sie ist rußgeschwärzt, als hätte jemand ein Feuer entfacht. In der Mitte ist eine Vertiefung, so groß wie ein Maulwurfloch.«

»Was habt ihr sonst noch gesehen?«, wollte mein Vater wissen. »Wird die Brücke bewacht?«

»Es waren ein paar Polizeiwagen da, die jedoch Richtung Beer-Sheva wegfuhren.«

»Fahren Autos über die Brücke?«

Ich nickte.

Der Stammesälteste verscheuchte mit dem Zipfel seines Kopftuches eine Fliege. »Worte kosten nichts. Wir vertrauen dem Augenschein mehr als dem Radiokasten«, war sein Fazit.

Der Kadi wirkte nachdenklich. »Letztes Jahr wurde die palästinensische Fatah-Bewegung gegründet, seither gibt es immer wieder Anschläge.«

»Du hast recht«, pflichtete ihm mein Vater bei.

»Doch zum ersten Mal erreichen die Anschläge das Stammesgebiet.«

Den ganzen Vormittag über disputierte man über den Zwischenfall, hörte immer wieder die Nachrichten, die jedoch nichts Neues zu verkünden hatten. Besorgnis machte sich breit, was die Zukunft wohl bringen möge.

Doch am Abend rückten die Alltagssorgen wieder in den Vordergrund. Der Preisverfall für Kleinvieh auf dem Beduinenmarkt von Beer-Sheva war ein unerschöpfliches Thema im Scheichzelt.

Zudem hatte man den Verlust der edelsten Stute des Stammes zu beklagen, die im vorigen Sommer ein Rennen gewonnen hatte. Es war ein hochgewachsenes Tier von edler Gestalt und tiefschwarzem Fell gewesen, dessen Schweifhaare fast den Boden berührten.

Die Stute hatte am Vortag vor einer verlassenen Höhle am Rande des Zeltlagers geweidet, als sie urplötzlich wie von einer Tarantel gestochen hochsprang, ihre Fußfessel zerriss und wie wild davongaloppierte. Nach einer Runde um das Zeltlager brach sie tot zusammen. Ihre Fessel und ihr Bauch waren angeschwollen, eine Giftschlange hatte sie gebissen.

Wie ein Leichnam wurde die edle Stute in ein weißes Tuch gehüllt und am Rande des Stammeslagers begraben.

Es vergingen ein paar Wochen, dann sollten neue Ereignisse unser Alltagsleben überschatten.

Eines Nachts, es war weit nach Mitternacht, hockte

unser Nachbar Tarek an der Feuerstelle und hielt Wache bei seiner kranken Frau. Es war ruhig im Stammeslager, nur von weitem waren vereinzelt Eulenrufe zu vernehmen. In Gedanken versunken schob er ein Ei in die heiße Asche.

Als er vor das Zelt trat, um ein paar Scheite Holz zu holen, war ihm, als hörte er ein Geräusch. Tarek setzte sich wieder an das Feuer, griff mit der Zange nach dem Ei und pustete die Asche ab. Während er das Ei pellte, meinte er wieder Geräusche zu hören. Mit zwei Bissen verschlang er das Ei, dann trat er in die Nacht hinaus, um zu horchen.

Die Geräusche rückten näher und wurden ihm unheimlich. Unser Nachbar entschied, dass es das Beste sei, den Scheich zu wecken. Er suchte das Zelt meines Vaters auf. »Wach auf, Vater von Suleiman«, flüsterte er.

»Was ist los?«, wollte mein Vater wissen, während er sich den Schlaf aus den Augen rieb.

»Hörst du die Geräusche?«, fragte Tarek aufgeregt.

Der Scheich sprang mit einem Satz auf, packte Tarek am Arm und zog ihn neben das Zelt. Eilends erklommen beide den Hügel.

Die Geräusche schwollen an. »Es sind Motoren«, stellte mein Vater fest und gab dem Nachbar ein Handzeichen, sich zu ducken. Umrisse von Panzern waren in der Dunkelheit zu erkennen.

Tarek war erregt. »Warum fahren sie ohne Licht?«

»Um nicht gesehen zu werden«, gab mein Vater

zurück und fügte hinzu: »Die Panzerkolonne bewegt sich nach Norden in Richtung Jordanien.«

»Was haben die wohl vor?«, wollte der Nachbar wissen.

Mein Vater ergriff Tareks Hand. »Hast du den Anschlag auf die Brücke vergessen? Lass uns in das Zelt zurückkehren«, flüsterte er leise, als könne ihn jemand belauschen. Voller Ungeduld wartete man auf den Morgen.

Ausnahmsweise änderte mein Vater die Reihenfolge und stellte zuerst den jordanischen Sender ein. Umrahmt von Marschmusik wurde die Meldung verbreitet: »Eine israelische Panzereinheit hat in der Nacht die jordanische Grenze verletzt und das Grenzdorf Samu' überfallen. Unsere jordanischen Helden vor Ort leisteten Widerstand, Kräfte zu ihrer Verstärkung sind unterwegs.«

Mein Vater schaute Tarek an. »Das habe ich geahnt, es hat mit dem Anschlag auf die Brücke zu tun.«

Nach und nach füllte sich das Scheichzelt, alle redeten durcheinander.

»Ruhe«, bat mein Vater, »ich schalte das israelische Radio ein.« Der israelische Sender verbreitete die Meldung, eine militärische Einheit habe in der Nacht eine Strafaktion gegen ein jordanisches Grenzdorf ausgeführt. Das örtliche Polizeirevier sei gesprengt worden, Verluste auf der eigenen Seite habe es nicht gegeben.

Der Stammesälteste griff nach dem Kessel auf dem Feuer und schenkte sich Tee nach. »Die Auseinandersetzungen werden härter, mal knallt es rechts, mal links von uns. Wir sind in die Schusslinie geraten.« Er nahm einen Schluck aus seinem Glas und schaute in die Runde. Sein Blick traf besorgte Gesichter. »Ich sage euch, Krieg liegt in der Luft. Ich fühle mich an die Zeit von 1948 erinnert.«

Es war ein diesiger Morgen, Nebelschwaden hingen über dem Wadi, und die Zelte waren taubedeckt. Erst als die Sonne an ihrem höchsten Punkt stand, lichtete sich der Nebel und der Himmel klarte auf. Eine Frau, die aus der Zisterne Wasser geschöpft hatte, kam laut rufend auf das Scheichzelt zu. »Die Panzer kommen zurück, einer nach dem anderen, wie Ameisen auf einer Ameisenstraße.«

Männer, Frauen und Kinder rannten in Scharen auf die Anhöhe, um das Schauspiel zu beobachten. Der größere Teil der schnaubenden Fahrzeuge rollte weiter an unserem Stammeslager vorbei in Richtung Beer-Sheva, der Rest, es mochte ungefähr ein Dutzend Panzer sein, legte am Ufer des Westwadis einen Stopp ein.

»Ob sie wohl beschädigt sind?«, mutmaßte der Nachbar. Der Kadi schaute ihn von der Seite an: »Wovon? Von den verrosteten Flinten der Bauern?«

»Vielleicht bekommen wir neue Nachbarn«, scherzte der Stammesälteste, um die bedrückte Stimmung aufzulockern. Doch der Sinn nach Späßen sollte ihm bald vergehen.

Mit Unbehagen und Misstrauen beobachteten die Stammesbewohner von den Hügeln aus, wie die Soldaten Zelte aufschlugen.

»Sie richten sich auf einen längeren Aufenthalt ein. Was das wohl zu bedeuten hat?«, rätselte mein Vater. Den Hirten gab er die Anweisung, sich von dem Militärcamp fernzuhalten. »Warten wir ab, vielleicht bringen die nächsten Tage Klarheit.«

Was der Stammesälteste vorausgesagt hatte, trat ein. Die Militärzelte nisteten sich dauerhaft in unserer Nachbarschaft ein.

Wochen vergingen, die Tage wurden kühler, und Wind kam auf. Die Frauen rollten die Bahnen der Winterzelte aus, um sie zu überprüfen. Undichte Stellen und Löcher waren auszubessern, da und dort hatten Mäuse ihre Spuren hinterlassen. Wenn dann nach mühseliger Arbeit die Winterzelte standen, wurde dieses Ereignis mit einem Festessen begangen. Auch die Männer hatten alle Hände voll zu tun. Die Zeit der Feldbestellung brach an.

Die drei Radiosender waren sich ausnahmsweise einig und versprachen reiche Niederschläge. Da jeder sein Stück Land als Erster bestellen wollte, war der Kampf um den einzigen Traktor des Stammes groß. Tag und Nacht ratterte die Maschine, tiefe Furchen durch die Erde ziehend, über die Hügel. Bisweilen streuten die Männer auch nachts im Scheinwerferlicht des Traktors ihr Saatgut aus.

»Fahr langsamer!«, fauchte ein alter Beduine, der das Saatgut in seinem geschürzten Gewand trug, den Traktorfahrer an. »Ich bin doch kein Rennkamel. Fast wäre ich unter die Räder gekommen.«

»Ich habe dich nicht gesehen«, entschuldigte sich der Traktorfahrer. »Meinst du, es macht mir Spaß, in der Nacht zu arbeiten? Jeder will sein Land bestellt haben.«

»Legen wir eine Pause ein«, schlug der Alte vor.

Im Scheinwerferlicht des Traktors schmauchten sie eine Zigarette. »Bevor der Traktor kam, hatte jeder sein Kamel und seine Pflugschar. Man hat am Tag gearbeitet und in der Nacht geruht«, erinnerte sich der Alte. Er rieb sich seine Augen, die dick wie reife Feigen waren.

»Die Zeit der Kamele ist vorbei, die Zukunft gehört den Maschinen«, stellte der Traktorfahrer fest.

Der Alte griff in die frisch gepflügte Furche und ließ eine Handvoll Erde durch seine Finger rieseln. »Die Furchen sind tief«, wunderte er sich.

»Der Traktor ist viel stärker als eine Kamelherde«, lachte der Fahrer. »So tief kann dein alter Scharpflug nicht umgraben.«

Der Alte verstummte. »Alles hat seinen Preis«, bemerkte er beim Aufstehen. »Das Kamel ist genügsamer als ein Traktor.«

Der Fahrer klopfte dem Alten auf die Schulter: »Bruder, du kannst die Zeit nicht zurückdrehen.« Er nahm auf seinem Sitz Platz und gab Gas. Rauchschwaden stiegen in den Nachthimmel.

Es war im Dezember des Jahres 1966. Die Winternacht war kalt, die Menschen verkrochen sich unter die Wolldecken. Selbst die Hunde wollten nicht im Freien bleiben, sondern rollten sich am Rand der Feuerstelle zusammen, um sich von der Asche erwärmen zu lassen. Die Nacht war so eisig, dass der Esel, wie die Wüstenbewohner sagen, Blut pinkelt.

Es herrschte Ruhe im Zeltlager, nur das ratternde Geräusch des Traktors durchbrach die Stille der Nacht. Beim Wenden erleuchteten seine Scheinwerfer für Augenblicke die Zelte.

Am frühen Morgen erschien der Fahrer mit triefender Nase und steifen Fingern im Scheichzelt. Ein Mann stand auf und überließ ihm seinen Platz am Feuer.

»So eine verdammte Kälte habe ich lange nicht erlebt«, klagte der Traktorfahrer, während er seine Finger über dem Feuer wärmte.

Der Scheich reichte ihm ein Glas: »Der heiße Salbeitee wird dir guttun.«

»Das Gelände war schwierig zu pflügen«, berichtete der Fahrer. »Einmal bin ich fast umgekippt, weil ich einen Steinbrocken übersehen habe.« Er schlürfte ein zweites Glas Tee und fuhr fort: »Wir Traktorfahrer sind die Herren der Nacht.«

Der Stammesälteste klopfte ihm auf den Rücken: »Leg dich schlafen, du hast deine Ruhe verdient.«

Wie es sich später herausstellen sollte, war die Ruhe dieser Nacht trügerisch gewesen.

Am Vormittag setzte meine Mutter die Handmühle in Bewegung, um Mehl für das mittägliche Fladenbrot zu mahlen. Sie knetete den Teig, bedeckte ihn mit einem Tuch und ließ ihn ruhen.

Aus dem Ziegenbalg füllte sie sich eine Schale mit Buttermilch und setzte sich vor den Zelteingang. Während meine Mutter an der Schale nippte, sah sie, wie der Stammesälteste den nächsten Hügel erklomm, um seine Notdurft zu verrichten. Auf dem Kamm des Hügels machte er ruckartig kehrt. Meine Mutter wunderte sich, warum er es sich offensichtlich anders überlegt hatte und unverrichteter Dinge auf das Zelt zueilte.

»Ein Trupp von Soldaten, Polizisten und Beduinen steuert auf das Zeltlager zu«, berichtete er aufgeregt.

»Gott schütze uns vor Unheil«, rief meine Mutter.

Unruhe kam auf im Scheichzelt.

Auf der Anhöhe erschienen die ersten Gestalten. Mein Vater ging ihnen entgegen, die Männer unserer Sippe folgten. Es stellte sich heraus, dass es Beduinen aus dem benachbarten Stamm waren.

»Was ist passiert? Was sucht ihr?«, wandte sich mein Vater an einen älteren Beduinen.

»Schlechte Nachrichten«, erwiderte dieser. »Mein Großneffe wurde letzte Nacht ermordet.«

Betroffenheit machte sich breit. »Deinen Großneffen kenne ich, das ist schrecklich«, rief mein Vater aus. »Wo ist das passiert?«

»Mein Großneffe pflügte heute Nacht mit unserem Traktor am Rande des Stammeslagers. Nach Mitternacht hörten wir Schüsse. Wir eilten herbei und fanden ihn am Boden liegend von Kugeln durchsiebt. Die Täter konnten unerkannt flüchten.«

»Wer könnte das getan haben?«, fragte mein Vater.

»Wir wissen es nicht«, erwiderte der Großonkel des Ermordeten. »Die Spuren deuten auf vier Täter hin. Der berühmte Spurensucher Al-Khorti folgte heute früh der Fährte der Täter. Sie führte von unserem Zeltlager bis zur jordanischen Grenze. Wir wissen, wohin sie flüchteten, nun wollen wir herausfinden, woher sie kamen.«

Während des Gesprächs herrschte ein geschäftiges Treiben. Polizisten und Soldaten suchten die Umgebung ab. Wo auch immer der Spurensucher Fußabdrücke entdeckte, brachten sie Markierungen an. Am Rande des bestellten Feldes, das etwa dreihundert Meter von unserem Zeltlager entfernt sein mochte, verloren sich die Fußspuren.

Der Polizeioffizier befragte den Scheich: »Wann wurde dieses Stück Land umgepflügt?«

»In der vergangenen Nacht«, erwiderte mein Vater. »Schau dir die Erdschollen an, sie sind noch dunkel und feucht.« Der Offizier scharrte mit seinen Stiefeln auf dem Boden.

In der Zwischenzeit war der beduinische Fährtenleser an der gegenüberliegenden Seite des Feldes angekommen. »Kommt her! Ich habe die Spuren wiedergefunden!« Alle folgten ihm.

Der Spurensucher legte sich ausgestreckt auf den Bauch und nahm die beiden Endpunkte der Spuren in Augenschein. »Von der letzten Markierung bis hierher zieht sich eine schnurgerade Linie«, stellte er fest. Die Stelle wurde markiert, einige Polizisten blieben zurück, die anderen folgten dem Spurensucher. Am späten Nachmittag kehrte der Trupp zurück. Es hatte sich herausgestellt, dass die Täter aus der Westbank gekommen waren.

Der Polizeioffizier teilte dem Scheich mit: »Wir müssen das Zeltlager nach Spuren absuchen.«

»Wir haben nichts dagegen«, meinte der Scheich.

Der Spurensucher und seine Begleiter durchkämmten das Zeltlager in alle Richtungen. Sie liefen kreuz und quer zwischen den Zelten, konnten jedoch keine Spuren entdecken, die den Tätern hätten zugeordnet werden können.

Mit Spannung erwartete man die Schlussfolgerungen, die der Spurensucher aus seinen Untersuchungen ziehen würde. Der Fährtenleser war von eindrucksvoller Gestalt. Er war groß und schlank, sein Gesicht war schmal, sein Gang geschmeidig, fast tänzelnd, und seine Blicke waren die eines Adlers.

Mit deutlichen Worten und klarer Stimme begann er zu sprechen: »Die Kunst des Fährtenlesens hat eine lange Tradition in meiner Familie. Meiner Sippe entstammen die berühmtesten Spurensucher des Negev. Unsere Aufgabe ist es, die Wahrheit ans Tageslicht zu bringen. Wir sind niemandem und nichts verpflichtet außer der Wahrheit.«

Er bedachte alle Umstehenden mit seinem scharfen Blick. »Aufgrund ihrer Eigenartigkeit habe ich die Spuren der Täter – es waren vier an der Zahl – identifiziert. Die Täter trugen die gleiche Schuhmarke, ihre Sohlen hinterließen kleine runde Vertiefungen auf dem Boden. Die Schuhgröße und die Länge der Schritte deuten darauf hin, dass die Täter groß von Gestalt sind.«

Der Spurensucher klopfte mit seinem Stock auf einen Steinbrocken. »Alles deutet darauf hin, dass die Täter zielstrebig vorgegangen sind. Sie haben nirgendwo eine Rast eingelegt, sie hatten es also eilig. Auf der ganzen Strecke fanden sich keine Seitenspuren, daher bin ich überzeugt, dass sie sich unterwegs mit niemandem getroffen haben.«

Zu meinem Vater gewandt fuhr er fort: »Die Täter haben dein Zeltlager nicht betreten, ihre Spuren wären mir nicht entgangen, dafür bürge ich.«

Der Großonkel des Ermordeten brauste auf: »Und warum haben die Mörder dieses Zeltlager gestreift? Es liegt nicht auf ihrem Weg zu uns.«

Der Fährtenleser erhob seinen rechten Zeigefinger. »Sie haben diesen Bogen in Kauf genommen, um dem Militärcamp im Wadi auszuweichen und um nicht entdeckt zu werden.«

Mein Vater atmete erleichtert auf. »Gott möge Krankheiten von deinen Augen fernhalten. Nicht umsonst eilt dir und deinen Vorfahren ein guter Ruf voraus.«

Der Großonkel bohrte weiter: »Möglicherweise hat jemand von euch die Mörder gesehen.«

»Was fällt dir ein, uns zu verdächtigen!«, verwahrte sich der Stammesälteste. »Wir haben weder das Kamel noch den Kameltreiber gesehen.«

»Du hast deine Arbeit getan«, sagte der Polizeioffizier zu dem Fährtenleser. »Alles Weitere ist Sache der Polizei. Geht in eure Zelte zurück«, forderte er die Umstehenden auf.

Ein aufregender Tag neigte sich dem Ende zu.

Die Sonne warf ihre letzten Strahlen auf die gepflügte Erde, die ersten Herden waren auf ihrem Weg von den Weideplätzen zurück ins Stammeslager. Am Abend kam Nordwind auf, doch nicht nur die Kälte ließ uns zusammenrücken. Enge herrschte im Scheichzelt, die Feuerstelle war von einer Vielzahl ratloser Gesichter umlagert. Angst und Sorgen machten sich breit.

»Ich bin froh, dass dieser schwarze Tag zu Ende geht, er erschien mir länger als drei Tage«, seufzte der Scheich.

Der Stammesälteste war ungehalten: »Habt ihr die Worte des Großonkels noch im Ohr? Er will unsere Sippe, mit Gott oder ohne Gott, in diese Mordgeschichte hineinziehen.«

»Das wird ihm nicht gelingen«, beschwichtigte ihn der Kadi. »Vieles kann man verdecken, doch die Wahrheit nicht.«

»Der Spurensucher hat ein eindeutiges Urteil abgegeben. Er hat klipp und klar gesagt, dass die Spuren der Täter nicht zu unserem Zeltlager führen«, stellte mein Vater klar.

»Ich bewundere seine Urteilskraft, er ist unbestechlich«, ließ der Kadi verlauten.

»Er ist sich seiner Verantwortung bewusst«, warf ein

Greis ein. »An seinem Wort hängt das Schicksal eines Stammes.«

Der Stammesälteste klopfte seine Pfeife am Rand der Feuerstelle aus und stopfte sie dann erneut mit Tabak. »Hat jemand in der letzten Nacht verdächtige Gestalten gesehen?«, fragte er in die Runde, während sich der Rauch seiner ersten Züge unter dem Zeltdach kringelte.

Jeder schaute seinen Nachbarn an, niemand schien etwas bemerkt zu haben.

»Wer sollte bei so einer Hundekälte nachts am Rande des Zeltlagers herumlaufen?«, meinte ein Hirte und verzog sein Gesicht. »Selbst mein Wachhund ist vor dieser Kälte geflüchtet; anstatt bei der Herde zu sein, fand ich ihn heute früh zusammengerollt im Zeltwinkel.«

»Hat jemand von euch etwas Verdächtiges gehört?«, bohrte der Stammesälteste nach.

Alle zuckten mit den Schultern. »Ich lag fast die ganze Nacht schlaflos auf meinem Lager«, meldete sich ein Schafhirte zu Wort und deutete auf seine angeschwollene Backe. »Immer wieder habe ich in meinen hohlen Zahn Tabak gestopft, doch die Schmerzen ließen nicht nach. Nicht einmal ein Hund hat heute Nacht gebellt, nur aus der Ferne hörte ich den Traktor.«

Daraufhin wandte sich der Kadi dem Traktorfahrer zu: »Du hast die ganze Nacht über gearbeitet. Hast du etwas bemerkt?«

Der Traktorfahrer runzelte die Stirn. »Nichts, nur ein Fuchs kreuzte meinen Weg.«

»Wenn der Traktorfahrer mit seinen Scheinwerfern nichts gesehen hat, wie sollen dann die Schlafenden etwas bemerkt haben?«, fasste der Kadi die Ergebnisse der Befragung zusammen. »Doch um sicherzugehen, soll jeder in seinem Zelt Nachforschungen anstellen.«

Die Nachricht von dem Mord verbreitete sich in Windeseile, selbst der Radiokasten berichtete von dem Vorfall. Gerüchte aller Art über die Hintergründe des Mordes machten die Runde; sie reichten von Blutrache über Stammesfehden bis zu politischen Motiven.

Zu unserer Überraschung kreuzten am nächsten Morgen drei Polizeiwagen auf und steuerten das Scheichzelt an.

Mein Vater trat vor das Zelt. Er erkannte im ersten Wagen den Polizeioffizier vom Tag zuvor. Dieser stieg aus, zog ein Papier aus seiner Mappe und las die Namen von sechs Männern aus unserem Zeltlager vor. »Wir müssen die Männer vernehmen, sie sollen mitkommen.«

Der Scheich schickte Boten in die Zelte, um die Männer zu rufen. Sie erschienen, am Ende fehlte nur der Traktorfahrer.

»Wo ist der Traktorfahrer?«

»Seine Frau bekommt ihn nicht wach«, berichtete ein junger Schafhirte. Doch kurz darauf traf er ein. Sein Gesicht war zerknittert, und zum Schutz vor der Morgensonne hielt er seine Hand vor die schlaftrunkenen Augen.

Die sechs Männer stiegen in die Polizeiwagen und diese fuhren davon. Atemlos erschien die Frau des Traktorfahrers vor dem Scheichzelt: »Was haben sie mit meinem Mann vor?«

»Reg dich nicht auf. Die Polizei will ihn und die anderen Männer befragen. Morgen fahre ich nach Beer-Sheva, um der Sache nachzugehen«, versprach der Scheich.

Am nächsten Tag wollte er gerade nach Beer-Sheva aufbrechen, als erneut drei Polizeiwagen vor dem Scheichzelt hielten. Der Polizeioffizier vom Tag zuvor präsentierte meinem Vater ein Schreiben.

»Was ist das?«, erkundigte sich der Scheich.

»Das ist eine Durchsuchungserlaubnis vom Amtsgericht Beer-Sheva.«

»Bitteschön! Ihr könnt jedes Zelt auf den Kopf stellen, am Ende werdet ihr mit leeren Händen dastehen.«

»Begleite uns«, forderte ihn der Offizier auf. Mein Vater nickte.

Die Polizisten machten sich ans Werk. Sie durchwühlten Matratzenstapel, drehten Teppiche um, öffneten Kisten und Krüge und klopften jeden Zeltwinkel ab. Mal stießen sie auf Schmuckstücke, die in Blechbüchsen versteckt waren, bisweilen förderten sie geheimnisvolle Amulette zu Tage. Sie kämmten das Stammeslager Zelt für Zelt durch, doch ihre Suche war vergeblich.

»Du hättest dir die Mühe sparen können«, merkte mein Vater an.

Der Offizier zuckte mit den Schultern. »Meinst du, es macht mir Spaß, in alten Matratzen zu wühlen?« Er klopfte den Staub von seiner Uniform ab. Wieder zog er ein Papier aus seiner Mappe. »Unterschreib!«

»Was steht auf dem Papier?«, verlangte mein Vater zu wissen.

»Es bestätigt, dass wir nichts Verdächtiges gefunden und nichts beschlagnahmt haben.« Der Polizeioffizier legte das Dokument auf die Motorhaube eines Wagens und einer der Polizisten reichte das Tintenfass.

Der Scheich tunkte seinen rechten Daumen in die Tinte. Verärgert über die Verletzung des Zeltrechts holte er aus und drückte seinen Daumen mit aller Kraft auf das Papier. »Wann kommen unsere Männer frei?«

»Darüber wird an höherer Stelle entschieden«, erwiderte der Polizeioffizier barsch.

In der Zwischenzeit wurde der Ermordete beigesetzt. Obgleich der Leichnam auf der Grabstätte beerdigt wurde, die am Rande unseres Stammesgebietes lag und von beiden Seiten gleichermaßen genutzt wurde, blieben die Männer unserer Sippe der Trauerfeier fern. Stattdessen versammelten sich unsere Familienmitglieder im Scheichzelt, um sich zu beraten.

Der Stammesälteste forderte alle Zeltbewohner auf, von nun an Vorsicht walten zu lassen. »Vermeidet das benachbarte Stammesgebiet«, riet er, »und wenn ihr unterwegs seid, geht nur zu zweit oder in kleinen Gruppen.«

»Und steckt eure Dolche in die Gürtel«, fügte der Kadi hinzu. »Recht zu haben ist das eine, recht zu bekommen das andere. Dein Recht misst sich an der Länge deines Schwertes.«

Ein paar Tage danach entschloss sich der Scheich, nach Beer-Sheva aufzubrechen, um Nachforschungen über die Festgenommenen anzustellen.

Meine Mutter überreichte ihm das feinste Gewand. Er warf sich den schwarzen Umhang mit der Goldborte über, band ein weißes Kopftuch um und kramte seine besten Schuhe aus der Kiste. Nachdem er seinen Dolch in den Gürtel gesteckt hatte, machte er sich in Begleitung von drei Männern auf.

Im Polizeirevier von Beer-Sheva wurde er vorstellig. »Wie geht es meinen Stammesbrüdern und wann kommen sie frei?«, wandte er sich an den Polizeichef.

Dieser ließ sich mit der Antwort Zeit. Er trommelte mit den Fingern auf seinen Schreibtisch und schob einen Ordner zur Seite. »Die Angelegenheit ist komplizierter als du denkst. Die Staatsanwaltschaft hat die Ermittlungen aufgenommen.«

Ungläubig starrte ihn mein Vater an.

Das Telefon klingelte. »Die Sache kann dauern. Deine Stammesbrüder bitten dich um frische Gewänder«, sagte der Polizeichef und hob den Hörer ab.

Zähneknirschend verließ der Scheich das Büro. Mit leeren Händen traf er am späten Nachmittag im Zeltlager ein.

Im Nu erreichte die schlechte Nachricht alle Zelte. Die Frauen der Festgenommenen suchten meinen Vater im Scheichzelt auf und bestürmten ihn mit Fragen: »Warum hält man meinen Mann fest? Was hat er mit der Sache zu tun? Wie immer lag er auch jene Nacht neben mir und schnarchte«, ereiferte sich die eine.

Eine andere, die ihr krankes Kind im Arm hielt, wurde laut: »Der Ermordete wurde von unzähligen Kugeln durchsiebt, so viel Munition hat unser ganzer Stamm nicht.«

»Ruhe! Ruhe!«, rief der Scheich. »Ihr habt recht, doch wie jede von euch weiß, fiel dieses Unheil aus heiterem Himmel über uns. Wir müssen Geduld aufbringen.«

»Euch wird es an nichts fehlen«, schaltete sich der Stammesälteste ein. »Was die anderen Zelte bekommen, erhaltet auch ihr.«

»Wir haben keine Zeit zu verlieren, jeder geht weiter seinem Tagewerk nach«, beschied der Kadi und gab ein Handzeichen zum Aufbruch.

Die Tage vergingen. Immer wieder erschien wie aus dem Nichts ein Polizeiwagen. Mit lautem Motorengeräusch erklomm er den Hügel, hielt an, gab Vollgas und verschwand wieder. Bisweilen fuhr der Polizeiwagen zwischen den Zelten hindurch, stoppte mit Vollbremsung, fuhr wieder an und verschwand.

Dieses Schauspiel wiederholte sich bis zu dem Tag, als eine Handvoll entnervter Frauen auf das Polizeiauto zustürmten und den Fahrer beschimpften: »Ihr habt uns die Männer genommen, was wollt ihr noch? Lasst uns endlich in Ruhe!« Und: »Schämt euch! Übermorgen ist das Opferfest.«

Wortlos zogen sich die Polizisten zurück. Seit diesem Zwischenfall herrschte Ruhe.

Die Vorfreude auf das Opferfest war jedoch gedämpft. Früh am Morgen des Festtages schlachtete man wie gewöhnlich die Opfertiere, verteilte neue Kleidung und Süßigkeiten an die Kinder, doch es wollte keine Feststimmung aufkommen. Die Gedanken weilten bei den Männern in Polizeigewahrsam.

Der Druck durch die Behörden machte uns zu schaffen, und das Misstrauen, das uns vom Stamm des Ermordeten entgegenschlug, lastete schwer auf unserer Sippe. Alle Kontakte zwischen beiden Sippen waren eingestellt, man mied einander, wo immer es ging.

Wir waren unsicher, wie die Sache enden würde. Sorge wurde zum ständigen Begleiter unseres Alltags.

Die Festtage gingen zu Ende. Der Mond stand in seiner vierzehnten Nacht. Von den Festgenommenen gab es noch immer keine neuen Nachrichten.

Einige Tage später verrichtete der Stammesälteste wie gewöhnlich sein Abendgebet in einer Ecke des Scheichzeltes. Auf dem Gebetsteppich kniend beschloss er sein Gebet mit den Worten: »Gott halte mich und meine Sippenmitglieder von der Hölle fern und gebe uns einen Platz im Paradies.« Er erhob sich und ließ sich auf seinem Platz am Feuer nieder.

»Männer kommen auf das Zelt zu«, hörten wir die Stimme des Nachbarn. Mein Vater trat vor das Zelt, um die Ankömmlinge zu empfangen.

Nach der üblichen Begrüßung wollte der Scheich, wie es die Sitten gebieten, die Gäste bewirten, doch diese wehrten ab: »Wir schätzen deine Gastfreundschaft, doch wir sind keine gewöhnlichen Gäste«, bemerkte der Älteste der Gruppe.

»Wenn ihr keine Gäste seid, wer seid ihr dann?«, erkundigte sich der Scheich.

»Euer Nachbarstamm schickt uns zu euch. Wir kommen wegen der Mordsache«, gab der Alte bekannt. »Sie fordern euch auf, die Zelte abzuschlagen und Schutz bei einem anderen Stamm zu suchen!«

»Was für ein Ansinnen! Nach den Sitten und Gebräuchen der Wüste käme dies einem Schuldeingeständnis gleich«, empörte sich der Kadi.

Und der Scheich pflichtete ihm bei: »Ihr kennt doch das Gewohnheitsrecht. Hat uns der Spurensucher nicht eindeutig entlastet? Es gibt nicht den geringsten Hinweis, dass wir in die Mordsache verwickelt sind.«

»Im Übrigen«, schaltete sich der Stammesälteste ein, »wurde der Ermordete einen Steinwurf von ihren Zelten entfernt umgebracht. Sie haben die Schüsse doch gehört, warum haben sie die Täter nicht verfolgt?«

Der Kadi legte seine Hand auf die Kaffeekanne. »Was das Stammesrecht von uns verlangt, sind wir bereit zu geben. Nicht mehr, aber auch nicht weniger. Überbringt diese Worte der Sippe des Ermordeten.«

Die Delegation verabschiedete sich und verließ das Zeltlager.

Der Kadi kochte vor Wut. »Welch eine Unverfrorenheit! Man will das angestammte Gewohnheitsrecht unserer Vorfahren auf den Kopf stellen.«

»Ich weiß warum«, rief der Stammesälteste. »Seit langem haben sie ein Auge auf unsere Weideplätze und Wasserstellen geworfen. Der Mord dient ihnen nur als Vorwand.«

Ein Greis in der Runde zupfte ihn am Gewand. »Die Polizei steht auf ihrer Seite, deshalb fühlen sie sich übermächtig.« Er seufzte: »Die Waage der Gerechtigkeit ist aus dem Lot.«

Der Kadi ergriff das Wort. »Die Sippe des Ermordeten ist auf dem falschen Pfad. Ihre Stärke ruht auf tönernen Füßen. Du wirst sehen, der Staat kann diesen Fall nicht aufklären. Er ist nicht Teil der Lösung, sondern ist selbst Teil des Problems.«

Es wurde noch lange diskutiert. Man stellte diese und jene Mutmaßungen an und machte sich Gedanken über den weiteren Verlauf der Dinge.

Der nächste Tag begann mit strahlendem Sonnenschein. In der Nacht hatte der Wind die Wolken vertrieben, und eine sanfte Brise strich über die grünen Ähren, die nach den Regengüssen aus dem feuchten Boden gesprossen waren. Die bunten Schmetterlinge flogen von Blüte zu Blüte, aus der Ferne ertönten die Flöten der Hirten. Jeder war auf den Beinen, um den schönen Tag zu genießen. Auch die Greise verlegten ihre Schaffelle von der Feuerstelle vor die Zelte und ließen sich an einer windgeschützten Stelle von der Sonne aufwärmen.

Ein Tag wie dieser vertreibt nicht nur düstere Gedanken, sondern gilt auch als gutes Omen.

Am späten Nachmittag sahen wir den alten Zayed, der auf dem Hügelkamm seine Kamelstute hütete, wie er plötzlich seine verrostete Flinte zum Himmel richtete. Eine Salve von Schüssen folgte.

Erschrocken stürzten die Männer aus dem Scheichzelt.

»Sie kommen! Sie kommen!«, rief einer. »Die Festgenommenen!« Eine Schar von Kindern rannte ihnen entgegen.

Aus allen Ecken strömten die Menschen zum Scheichzelt, die Freude war grenzenlos.

»Ihr seid pünktlich zum Kaffee erschienen«, scherzte mein Vater.

Zu Ehren der Freigelassenen schlachtete unsere Sippe drei Schafe und richtete ein Festessen aus, zu dem auch Gäste aus umliegenden Stämmen geladen wurden. Im Gegensatz zum Opferfest feierte man dieses Mal in ausgelassener Stimmung.

Erst spät in der Nacht, nachdem sich die Gäste zerstreut hatten und die Sippenangehörigen unter sich waren, konnte man seiner Neugier freien Lauf lassen. Der Kadi eröffnete das Gespräch: »Wir haben euch nicht nur vermisst, wir haben uns auch Sorgen um euch gemacht.«

»Haben die Polizisten euch geschlagen?«, erkundigte sich ein Greis.

»Das nicht«, erwiderte Raschid, »aber sie haben uns Löcher in den Bauch gefragt. Immer dieselben Fragen, das zerrt an den Nerven.«

»Was wollten sie wissen?«, bestürmte ihn ein Kamelhirte, der seine Neugier kaum mehr zu zügeln wusste.

Der Traktorfahrer schaute ihn an. »Morgens, mittags und abends wollten sie von uns wissen, ob wir die Täter gesehen hätten.«

»Wir gaben immer die gleiche Antwort: Nein«, erklärte mein Bruder Suleiman. »Einmal wollte mich ein Polizist verunsichern. Er behauptete, er käme gerade aus dem Zeltlager zurück. Meine Frau habe gesagt, ich hätte die Täter gesehen.«

»Und was hast du geantwortet?«, wollte mein Vater wissen.

»Meine Frau lügt. Bringe sie zu mir, sie soll mir in die Augen schauen.«

»Die Fragerei hat nichts erbracht«, berichtete der Traktorfahrer. »Die Polizisten gaben auf. Vor drei Tagen haben sie uns nach Tel Aviv überführt.«

»Das war endlich eine Abwechslung für uns«, führte Ali weiter aus. »Nach Wochen haben wir zum ersten Mal die Sonne wiedergesehen. Die Sonne habe ich am meisten vermisst.«

»Warum haben die Polizisten euch nach Tel Aviv gefahren?«, hakte mein Vater nach.

»Das ist eine lange Geschichte«, antwortete Raschid. »In einem kleinen Polizeibus verfrachteten sie uns nach Tel Aviv. Dort führten sie uns in ein riesiges Gebäude und schlossen uns in einen Raum ein. Nach einer Stunde betraten zwei Männer den Raum, ein großer schmaler und ein kleiner runder Mann. Sie begrüßten uns freundlich und boten uns sogar Zigaretten an.

Die beiden wiederholten die Fragen, die uns schon die Polizisten gestellt hatten, und wir antworteten wie immer. Plötzlich wurde der Schmale ernst: ›Ich rate euch, die Wahrheit zu sagen‹. Und der Runde pflichtete ihm bei: ›Das ist eure letzte Chance.‹ Da wir nichts gesehen hatten, beharrten wir auf unserer Aussage.

Der Schmale und der Runde wechselten einen Blick: ›Es gibt moderne Methoden der Wahrheitsfindung‹, erklärte dann der Schmale. ›Wir haben einen Lügendetektor. Es ist ein Leichtes herauszufinden, ob jemand etwas zu verbergen hat.‹«

Mein Bruder Suleiman ergriff das Wort: »Die beiden Männer führten mich als Ersten über Flure und Treppen in einen hell erleuchteten Raum, in dessen Mitte eine Maschine stand. Das Gerät hatte viele Schläuche, Kabel und zahllose Knöpfe, die in allen Farben leuchteten. Der Runde wies mir einen Stuhl an, dann wurde ich an das Gerät angeschlossen. Sie banden mir Manschetten um die Arme und klebten einen Knopf auf das Herz.«

Die Augen der Zeltbewohner weiteten sich. »Erzählst du uns ein Märchen?«, fragte der Kadi, der am Verstand meines Bruders zu zweifeln begann.

»Unterbrich mich nicht«, bat Suleiman und fuhr mit seinem Bericht fort: »Dann sagte der eine der Männer:

›Ich stelle dir jetzt Fragen, und wenn du lügst, gibt mir die Maschine ein Signal. Bist du bereit?‹ Ich nickte.

›Hast du die Mörder gesehen?‹

›Nein‹, antwortete ich ruhig. Das Gerät gluckerte leise.

›Weißt du, wer den Mann erschossen hat?‹

›Nein‹, erwiderte ich, ohne zu zögern.

Der Schmale schaute mich eindringlich an. ›Hast du eine Vermutung, wer die Täter sein könnten?‹ Meine Antwort lautete zum dritten Mal: ›Nein.‹ Die Maschine schien mit mir zufrieden zu sein.«

Die anderen nickten. »Wir wurden auch an die Wahrheitsmaschine angeschlossen, einer nach dem anderen.«

»Und was hat die Maschine herausgefunden?«, fragte der Scheich.

»Dass wir die Wahrheit gesagt haben«, erklärte der Traktorfahrer, »und deswegen wurden wir freigelassen.«

Der Kadi war verblüfft. »Wie kann eine Maschine die Wahrheit herausfinden? Hat man so etwas schon gehört?«

Der Stammesälteste schüttelte den Kopf. »Verkehrte Welt! Die Traktoren verdrängen die Kamele, und der Kadi wird durch eine Maschine ersetzt.«

Der Scheich warf frische Minzblätter in den Teekessel und zog das Tablett mit den Gläsern zu sich. »Ich sage euch: Die Behörden wissen ganz genau, dass wir mit dem Mordfall nichts zu tun haben.«

»Und warum dann das ganze Theater?«, wollte ein Schafhirte wissen.

»Das ist nicht einfach zu erklären. Der Konflikt zwischen Israel und seinen Nachbarstaaten spitzt sich immer mehr zu. Ich vermute, damit hängt es zusammen«, erläuterte mein Vater.

Der Kadi versuchte, die Gemüter zu beruhigen. »Der Spurensucher hat uns entlastet«, argumentierte er, »das Polizeiverhör hat nichts ergeben, die Wahrheitsmaschine hat uns freigesprochen, und im Übrigen haben wir unsere Bereitschaft bekundet, den Vorfall nach dem Gewohnheitsrecht zu regeln.«

Ein paar Wochen gingen ins Land, die Angelegenheit ruhte. Der Himmel hatte reichlich Regen gespendet, rundum grünte die Natur. Die Hirten hatten alle Hände voll zu tun, denn die Ziegen und die Schafe waren trächtig. In dieser Zeit blieben die Hirten auch nachts bei ihren Herden, um den Muttertieren beim Werfen ihrer Jungen helfen zu können.

»So viele Zwillingsgeburten habe ich selten erlebt«, wunderte sich der alte Hirte Zayed.

»Das ist ein Zeichen der Hoffnung in diesen schweren Zeiten«, meinte ein Greis.

Doch die Hoffnung war verfrüht.

Eines Morgens hatte meine Mutter die Teppiche über die Zeltseile gehängt, um sie in der Frühlingssonne auszuklopfen. Mein Vater saß am Zelteingang, eine Spiegelscherbe in der Hand, und rasierte sich.

»Ein Militärfahrzeug nähert sich«, rief da meine Mutter und huschte in das Zelt.

»Schon wieder«, stöhnte mein Vater und wischte sich den Seifenschaum vom Gesicht.

Zwei Soldaten stiegen aus.

»Tretet ein, der Minztee ist frisch aufgebrüht«, empfing sie der Scheich.

»Nein, wir sind im Dienst«, gab der Unteroffizier zurück. Er griff in seine Uniformtasche, zog ein Papier heraus und überreichte es dem Scheich.

»Was steht drauf? Ich kann nicht lesen«, sagte mein Vater.

»Das ist eine Anordnung vom Militärgouverneur des Negev.« Der Unteroffizier verlas mehrere Namen. »Du und diese sechs Männer werden für den Zeitraum von sechs Monaten in die Verbannung geschickt.«

Der Scheich war sprachlos.

»Der Verbannungsort ist im Zeltlager von Scheich Abu-Djueed. Ihr habt eine Woche Zeit, eure Vorbereitungen zu treffen«, führte der Unteroffizier weiter aus.

Mein Vater starrte fassungslos auf das Papier. »Eure Untersuchungen haben doch ergeben, dass wir unschuldig an dem Mord sind. Sogar die Wahrheitsmaschine hat das bestätigt«, protestierte er.

»Das ist eine Anweisung des Militärgouverneurs«, wiederholte der Unteroffizier und stieg in das Fahrzeug ein. Der Fahrer drückte auf das Gaspedal, und der Militärjeep rollte davon.

»Said! Wo ist Said?«, rief mein Vater aufgeregt. Es

dauerte nicht lange, bis der Junge auftauchte. »Setz dich!«, forderte ihn der Scheich auf und reichte ihm das Papier. »Lies vor! Ich möchte wortwörtlich wissen, was in diesem Schreiben steht.«

Der Junge vertiefte sich in das Papier und entzifferte es Wort für Wort. »Auf Anweisung des Militärgouverneurs des Negev und auf Anordnung der Militärverwaltung werden folgende Mitglieder des Stammes« – es folgten sieben Namen – »für sechs Monate in die Verbannung geschickt. Der Verbannungsort ist das Zeltlager des Scheichs Abu-Djueed.«

»Hast du das Schreiben auch richtig vorgelesen?«, hakte mein Vater nach, der ganz sichergehen wollte.

»Natürlich«, gab der Junge zurück.

»Hat der Militärgouverneur einen Grund für die Verbannung genannt?«

Said schüttelte den Kopf.

Verärgert schob mein Vater das Papier unter sein Schaffell.

»Das ist der Gipfel«, empörte sich der Stammesälteste, »sie haben nicht einmal Respekt vor dem Stammesführer. Das ist eine Demütigung für uns alle.«

Der Kadi nickte: »Der Staat hat alle polizeilichen und rechtlichen Mittel ausgeschöpft und musste mangels Hinweisen, geschweige denn Beweisen das Verfahren einstellen. Und nun greift die Militärverwaltung ein.«

»Das ist kein Recht, das ist pure Willkür«, schimpfte mein ältester Bruder.

»Ist der Militärgouverneur mächtiger als die Polizei?«, wunderte sich ein Kamelhirte.

Der Kadi bejahte. »Die Polizei muss einem Gericht stichhaltige Beweise vorlegen, erst dann kann ein Beschuldigter verurteilt werden. Für die Militärverwaltung gelten diese Regeln nicht. Der Militärgouverneur kann jeden Beduinen, ohne einen Grund zu nennen, bis zu einem Jahr in Verbannung schicken.«

»Mit einem halben Jahr kommt ihr noch gut davon«, merkte Said, der Vorleser, vorsichtig an.

»Bist du wohl still!«, fauchte der Stammesälteste. »Sollen wir ihm für seine Großzügigkeit noch dankbar sein?«

»Gegen die Anordnung des Militärgouverneurs sind wir machtlos, man kann sie nicht anfechten«, stellte der Kadi fest.

Der Stammesälteste nahm einen letzten Zug aus seiner langen Pfeife. »Der langen Rede kurzer Sinn: Wasserfluten und Regierungen ist nicht zu trauen. Diese Weisheit der Vorfahren scheint sich wieder einmal zu bestätigen.«

Ein Gefühl ohnmächtiger Wut hing über dem Zeltlager.

Watfa, die ihren Mann während des vierwöchigen Polizeigewahrsams schmerzlich vermisst hatte, war außer sich. »Wie soll ich ein halbes Jahr ohne den Vater meiner Kinder zurechtkommen? Was wird aus unserer Herde? Wer soll die Ähren vom Feld ernten?«

Die Frau des Traktorfahrers stützte ihren Kopf in die

Hand. »Während der Feldbestellung bekomme ich meinen Mann kaum zu Gesicht, Tag und Nacht hockt er auf dem Traktor, und kaum ist er aus dem Polizeigewahrsam zurück, wird er in die Verbannung geschickt.«

Auf den Märkten, an den Brunnen, auf den Weideplätzen erzählte man sich die Neuigkeit. Von fern und nah erschienen Freunde, Bekannte und Stammesangehörige, um ihr Mitgefühl für unsere Sippe zum Ausdruck zu bringen. Einige Scheichs und Würdenträger anderer Sippen legten beim Militärgouverneur ein gutes Wort für uns ein, doch dieser ließ sich nicht umstimmen.

Der Tag der Verbannung rückte näher. Geschäftigkeit drängte die Wehmut über die bevorstehende Trennung vorübergehend in den Hintergrund.

»Der Scheich braucht ein langes Zelt mit zwei Räumen«, meinte der Stammeskadi, »er muss sich mit dem Stammesführer Abu-Djueed messen können. Sein Scheichzelt hier bleibt unangetastet.«

Ein Ziegenhirte schaute ihn fragend an.

»Das Scheichzelt ist ein Symbol des Stammes«, führte der Kadi aus, »wir verkleinern die anderen Zelte um je eine Zeltbahn und fügen sie zu einem neuen Zelt zusammen.«

Sein Vorschlag fand Zustimmung. Bald türmten sich die ersten Zeltbahnen. Ein Nachbar steuerte Stangen bei, ein anderer Pflöcke und ein dritter Seile.

Am Abend stand das Verbannungszelt bereit. »Ein

großes Zelt schafft Respekt und Anerkennung«, bemerkte der Kadi zufrieden.

»Und wer soll die Zeltarbeit verrichten? Ein Zelt braucht eine Herrin«, schaltete sich ein Greis ein.

»Du hast recht, darüber müssen wir uns noch abstimmen.« Mein Vater sah die anderen fragend an.

»Meine Kinder sind noch klein, sie brauchen ihre Mutter«, meinte der Traktorfahrer.

»Meine Frau ist noch sehr jung, sie ist einer solchen Aufgabe nicht gewachsen«, sagte Raschid ausweichend, und ein dritter der Männer brachte vor, dass seine Frau gesundheitlich angeschlagen sei.

Nachdem jeder seine Einwände vorgetragen hatte, richtete der Stammesälteste seinen Blick auf den Scheich. »Du hast zwei Frauen.«

Mein Vater war unschlüssig: »Ich brauche Bedenkzeit.«

Als alle am späten Abend auseinandergegangen waren, suchte mein Vater den Schlafplatz meiner Mutter auf.

»Ich habe das Gespräch mit angehört«, empfing sie ihn.

»Und was meinst du dazu?«

»Ein Scheich als Junggeselle? Das ist undenkbar«, stellte meine Mutter fest. »Eine von uns beiden muss dich in die Verbannung begleiten.«

Mein Vater schob sich das Kissen unter den Kopf. »Du bist die Ältere, du hast das Vorrecht.«

Meine Mutter überlegte, dann sagte sie: »Ich verzichte auf mein Vorrecht, auch wenn ich dich vermissen werde. Das Feuer hier darf nicht verlöschen. Ich bin und bleibe die Herrin des Scheichzeltes. Deine zweite Frau soll mitgehen.«

Mein Vater strich ihr über den Haarzopf. »Wir werden bei einem fremden Stamm weilen, meinst du, dass sie dieser Herausforderung gewachsen ist?«

»Ich habe keine Bedenken. Sie hat mittlerweile genug Erfahrung gesammelt.«

Mein Vater seufzte auf. »Ein Problem hätten wir gelöst.«

»Welche gibt es noch? Öffne mir dein Herz.«

Verlegen kratzte sich mein Vater an der Stirn. »Du warst mir all die Jahre immer eine Stütze. Du weißt, sieben Familienoberhäupter müssen in die Verbannung. In dieser Zeit können sie keinen Piaster verdienen. Zudem müssen wir bei dem fremden Stamm Gastfreundschaft leisten. Du weißt, was es kostet, ein Scheichzelt zu unterhalten.«

»Das kenne ich zur Genüge«, nickte meine Mutter und zitierte den Spruch: »Der weiße Piaster für den schwarzen Tag.«

Der Scheich reckte seinen Hals. »Worauf willst du hinaus?«

»Ich stelle dir meinen Gold- und Silberschmuck zur Verfügung.«

Mein Vater erschrak. »Deinen Schmuck? Wie kannst du als Frau des Scheichs mit nacktem Hals auf Hochzeitsfesten erscheinen? Das wäre eine Schmach für mich.«

»Siehst du einen anderen Ausweg?«

»Seit Tagen ringe ich mit mir, doch die Entscheidung fällt mir schwer.«

»Die Not hat ihre eigenen Gesetze«, ermunterte ihn meine Mutter, »sag, was dir im Kopf herumgeht.«

»Unser ältester Sohn Suleiman muss mit mir in die Verbannung, seine Frau und die neun Kinder bleiben zurück. Salim, unser jüngster Sohn, soll für ihn einspringen und arbeiten gehen.«

»Und was ist mit der Schule?«, wollte meine Mutter wissen.

»Die Schule kann warten, wir haben drängendere Probleme«, gab mein Vater zurück.

Unter der Decke am anderen Ende des Schlaflagers verfolgte ich aufmerksam das Gespräch. Mein Schicksal schien besiegelt. Der Traum, im kommenden Schuljahr das Gymnasium in Nazareth zu besuchen, war aus.

Der siebte Tag seit Bekanntwerden der Verbannung brach an. Es war der Tag der Abreise.

Während meine Brüder und ich Teppiche, Matratzen, Kissen und Hausrat auf den Lastwagen luden, nahm mich mein Vater zur Seite. »Du siehst, wie verzweifelt die Lage ist.« Seine Hand ruhte auf meiner linken Schulter. »Dein ältester Bruder und ich fallen für einige Zeit aus, wir brauchen deine Hilfe. Du musst ab heute für die Familie Geld verdienen, die Schule muss zurückstehen.«

Wenngleich mir die Worte meines Vaters einen Stich in das Herz versetzten, nickte ich tapfer.

Der Augenblick des Abschieds war gekommen. Es war schwer auszumachen, für wen der Abschied schwerer war, für die Verbannten oder für die, die sie zurückließen.

Der Scheich und seine zweite Frau nahmen auf dem Beifahrersitz Platz, die übrigen sechs Männer auf der Ladefläche. Wie geprügelte Hunde hockten sie auf den Teppichen und Matratzen. Der alte Lastwagen setzte sich keuchend in Bewegung. Seine Reifen hinterließen breite Spuren im Sand. Wir winkten, bis das Gefährt hinter dem Hügel verschwunden war.

Ein Gefühl der Leere und Niedergeschlagenheit machte sich breit. Wortlos zogen sich die Menschen in ihre Zelte zurück, nur der Stammesälteste mit seiner hageren Gestalt harrte noch lange vor dem Scheichzelt aus. Wie angewurzelt stand er da und blickte den Hügel hinauf.

Dann drehte er sich um, griff nach dem vorderen Zeltseil und sagte an meine Mutter gewandt: »Ich schwöre bei der Seele meines Vaters, dieses Scheichzelt wird nicht verwaisen!« Er rüttelte an dem Seil, bis das Zelt bebte. »Ich werde den Stammesführer würdig vertreten. Sein Platz an der Feuerstelle ist von nun an bis zu seiner Wiederkehr mein Platz.«

Der Alte mit seinem schmalen eingefallenen Gesicht betrat das Zelt. Er ließ sich auf dem Schaffell nieder, auf dem gewöhnlich mein Vater saß, und schob Holzscheite in die Glut. Mit Blick auf die knisternden Flammen sprach er mit fester Stimme: »Das Feuer darf nicht ausgehen.«

»Gott möge deine Tage verlängern«, bedankte sich die Zeltherrin.

Als der Kadi erschien, loderten bereits die Flammen. Der Stammesälteste, der im Schneidersitz auf dem Schaffell hockte, röstete Kaffeebohnen in der Pfanne. Bald hallte das Stampfen des Kaffeemörsers wider, dessen Echo die Zeltbewohner in das Scheichzelt lockte.

Der Kadi nahm die Gelegenheit wahr, einige Worte an seine Stammesgenossen zu richten. Er erinnerte sie an ihre Pflicht, den Familien der Exilierten unter die Arme zu greifen. Die Anwesenden stimmten zu. Der Kadi gab sodann bekannt, dass der Stammesälteste den Scheich vertrete. Der Alte goss einen ersten Strahl aus der Kaffeekanne in den Sand, um den Schnabel der Kanne von Staub und Asche zu reinigen.

»Dein Kaffee ist nicht minder gut als der des Scheichs«, lobte ein Hirte, während er an seinem Schälchen nippte.

Verlegen zupfte der Stammesälteste an seinem Gewand. »Es ehrt mich, den Platz des Scheichs einzunehmen. Die Ehre zieht aber auch Pflichten nach sich.« Der Alte räusperte sich. »Khaled und seine Cousine Sabah wollen in diesem Frühling heiraten. Der Zeitpunkt ist ungünstig, denn unser Stammesoberhaupt ist in Verbannung.« Er ließ seine Blicke schweifen und beschied: »Das Fest wird verschoben.«

Der Kadi schaute durch den Zelteingang ins Freie. Sein Blick traf den Schatten, den das Zelt warf. »Es ist später Nachmittag«, bemerkte er. »Die Männer müssen den Verbannungsort erreicht haben.«

Unterdessen war der Lastwagen über die Wüstenpiste in Richtung Süden gerattert. Gegen Nachmittag hatte das Gefährt tatsächlich das Stammeslager des Scheichs Abu-Djueed erreicht, das südlich von Beer-Sheva liegt.

Einen Steinwurf vom Scheichzelt entfernt kam das Fahrzeug zum Stehen. »Ahlan wa sahlan, seid willkommen!«, begrüßte der Scheich meinen Vater und seine Begleiter. Er wies auf eine ebene Stelle: »Hier, rechts von mir, könnt ihr das Zelt aufbauen.«

Mein Vater und Scheich Abu-Djueed zogen sich zurück, um Kaffee zu trinken, die anderen machten sich an die Arbeit. Kurz vor der Abenddämmerung stand das Verbannungszelt.

»Ihr habt euren Anteil an der Arbeit geleistet«, sagte die Frau meines Vaters, »die Einrichtung besorge ich.« Und so gesellten sich unsere Männer zu den anderen.

Im Scheichzelt von Abu-Djueed waren die Vorbereitungen für die Ankömmlinge bereits abgeschlossen. Ein Haufen Holz lag neben der Feuerstelle bereit, die Platte mit Lammfleisch und Reis wurde aufgetragen.

An diesem Abend vermied man das Thema, das allen unter den Nägeln brannte. Stattdessen unterhielt Scheich Abu-Djueed die Verbannten mit Geschichten aus der Zeit seiner Vorfahren.

Als sich nach und nach die Bewohner des Zeltlagers zurückgezogen hatten, bedankte sich mein Vater für die großzügige Gastfreundschaft: »Deine Erzählungen haben uns für kurze Zeit den Abschiedsschmerz vergessen lassen.«

»Ihr habt einen langen Tag hinter euch«, bemerkte der Gastgeber und geleitete die neuen Nachbarn zu ihrem Zelt. Dann zog er sich zurück.

»Du hast das Zelt wohnlich eingerichtet«, lobte mein Vater seine Frau, und zu den Männern gewandt sagte er: »Die eine Hälfte des Zeltes ist für euch, die andere Hälfte bewohnen meine Frau und ich.« So verbrachten die Verbannten ihre erste Nacht fern von uns.

In der Frühe zog mein Vater ein frisches Gewand an, legte seinen braunen Umhang um und schritt, begleitet von den Männern, auf das Scheichzelt zu. Der Stammesführer begrüßte sie mit einem Morgenkaffee.

Mein Vater überreichte ihm einen Sack mit drei Kilo grünen Kaffeebohnen und einen Beutel Kardamon. »Das ist nicht nötig«, bemerkte der Zeltherr.

»Es ist ein Beitrag für das Gemeinschaftszelt. Ab heute sind wir keine Gäste mehr«, stellte mein Vater klar. »Wie du werde auch ich meinen Teil zur Bewirtung der Stammesgäste leisten.«

Der Scheich nickte zufrieden.

Als die Morgensonne die vordere Zeltbahn beschien, blieben der Scheich und die Verbannten alleine im Zelt zurück. Der Zeltherr richtete sein Wort an meinen Vater: »Dass wir nun ein halbes Jahr Zelt an Zelt wohnen, ist den Umständen zu schulden. Ich habe mich bereit erklärt, euch aufzunehmen.« Mein Vater nickte, und der Zeltherr fuhr fort: »Ich freue mich über deine Gesellschaft, doch habe ich die unangenehme Pflicht, auch Aufsicht zu führen.«

»Ich weiß. Es ist höhere Gewalt«, erwiderte mein Vater.

Scheich Abu-Djueed griff unter den Teppich und zog eine lange und breite Karte hervor: »Diesen Plan bekam ich von der Militärverwaltung.« Er breitete das Papier auf dem Sand aus und deutete auf einen schwarzen Punkt in der Mitte: »Das ist mein Zelt. Östlich vom Zeltlager liegt der Brunnen, westlich davon die Grabstätte, im Norden verläuft der Wadi und im Süden ist eine alte Ruine aus früheren Zeiten eingezeichnet.«

Scheich Abu-Djueed beschrieb mit seinem Finger einen Kreis. »Keiner von euch ist befugt, die markierte Grenze zu überschreiten, ansonsten bekommt ihr und auch ich Schwierigkeiten mit dem Militärgouverneur. Ich hafte für euch.«

»Der Esel hat mehr Bewegungsfreiheit als wir«, zürnte mein ältester Bruder.

»Es ist immer noch besser als eingekerkert zu sein«, bemerkte der Zeltherr und fügte hinzu: »Ihr müsst euch der Anweisung fügen. Nichtsdestotrotz sollt ihr euch in meinem Stamm wohlfühlen.«

Im Laufe der folgenden Tage fanden sich die Verbannten mit ihrem Schicksal ab. Da es ihnen verwehrt war zu arbeiten, vertrieben sie ihre Zeit mit Reden und

Spielen. Die Sorge um ihre Familien war allgegenwärtig.

Auch wir in unserem Stammeslager hatten mit der schwierigen Situation zu kämpfen. Die Kinder fragten immer wieder nach ihren Vätern, die Frauen vermissten ihre Ehemänner. Da das Geld knapp war, mussten Wünsche zurückgestellt werden. Obwohl der Stammesälteste bis spät in die Nacht auf dem Schaffell ausharrte wie eine Glucke auf ihrem Gelege, war die Leere, die der Scheich hinterlassen hatte, dennoch spürbar.

Auch für mich war eine schmerzliche Zeit angebrochen. Neben der Sehnsucht nach meinem Vater und meinem ältesten Bruder trieb mich die Sorge um meine Zukunft um. Während ich auf den Plantagen Zitrusfrüchte erntete, haderte ich mit meinem Schicksal.

Zwar hatte ich meine Schulbücher bei mir, doch war ich nach den langen Arbeitstagen zum Lernen oft zu müde. Dennoch gab ich nicht auf. Wann immer ich einen Schulkameraden traf, erkundigte ich mich eingehend nach dem Schulstoff, um nicht völlig den Anschluss zu verlieren.

Einige Wochen waren vergangen, seit die Verbannten unser Zeltlager hatten verlassen müssen. Frühling lag in der Luft. Die Frühlingsweide war mit Blumen und Kräutern übersät, die Ähren schossen in die Höhe. Man vernahm das Klappern der Störche, die auf ihrem Flug nach Afrika um diese Zeit eine Rast bei uns einlegten. Junge Hirten und Hirtinnen flochten die ersten Mohnblumen zu Kränzen und legten sie den Reitkamelen als Halsschmuck um. Es schien, als wollte uns die Natur für all die Trübsal entschädigen.

Doch war es nur die Ruhe vor dem nächsten Sturm. Die Kette der Ereignisse verlängerte sich um ein weiteres Glied.

Zwölf Frühlinge vor der Mordgeschichte hatte ein Stamm in unserer Nachbarschaft eine seiner Sippen verstoßen, weil das Sippenoberhaupt die Stammesführung an sich reißen wollte. Diese Sippe suchte nun vergeblich Anschluss bei anderen Stämmen.

Nach langem Hin und Her hatte sich mein Vater schließlich bereit erklärt, diese Sippe in unserem Stammesgebiet aufzunehmen, obgleich ihn der Scheich des Nachbarstammes warnte: »Du bist gutherzig, doch du setzt dir eine Schlange auf die Brust.« Mein Vater schlug die Warnung in den Wind. Er überließ der verstoßenen Sippe Land und gewährte ihr Zugang zu Weideplätzen und Wasserstellen.

Ein Dutzend Jahre war seither vergangen. Es schien, als habe mein Vater eine gute Tat vollbracht.

Doch einen Vollmond nach Antritt der Verbannungszeit reckte die Schlange unerwartet ihr Haupt. Das Oberhaupt der verstoßenen Sippe suchte die Abwesenheit meines Vaters zu nutzen, um die Stammesführung zu übernehmen. Bei diesem Unterfangen hatte er offensichtlich Rückendeckung von Seiten des Militärgouverneurs.

Unsere Stammesbewohner waren fassungslos.

»Wie kann einer so hinterhältig und undankbar sein«, empörte sich eine alte Frau.

»Er hackt die Hand ab, die ihn füttert.«

»Kannst du dich noch erinnern, wie wir Frauen ihnen damals beim Aufschlagen der Zelte zur Hand gegangen sind?«

Ihre Nachbarin fasste sich an den schwarzen Haarzopf. »Eher werden diese Haare weiß wie Schnee, als dass dieser Undankbare das Scheichsamt erlangt.«

Unsere Familie erlebte eine beispiellose Solidarität. Fast alle Sippen unseres Stammes sprachen sich dafür aus, dass mein Vater weiterhin die Stammesführung innehaben sollte.

Die Sippenoberhäupter kamen im Scheichzelt zusammen. Der Stammesälteste empfing sie und bedankte sich für ihren Beistand.

»Dieser Emporkömmling soll unser Scheich werden?«, ereiferte sich einer der Sippenoberhäupter. »Nie und nimmer!«

»Erinnert ihr euch noch an die Warnung des Scheichs an uns? Anstatt uns in diesen schweren Zeiten beizustehen, fällt uns diese Sippe in den Rücken. Doch bei der Seele unseres Stammesahns, das wird ihr nicht gelingen.«

Der Kadi richtete sich auf. »Sie sägen an dem Baum, der ihnen Schatten spendet, doch unser Baum hat tiefe Wurzeln. Jeder von euch hat die Ereignisse des Jahres 1948 noch in Erinnerung. Wir waren mittellos und verzweifelt, auf der Flucht vor dem Krieg. Unweit von

Hebron setzte der Scheich unserer Flucht ein Ende. Er stellte sich auf einen Fels und blickte zurück: Wir kehren um, koste es, was es wolle.« Die Sippenoberhäupter nickten.

»Das Machtwort eines Stammesführers wiegt schwer.«

»Er hat es sich mit der Entscheidung damals nicht leicht gemacht. Sie barg Risiken, doch sie erwies sich als klug. Sie hat uns das Flüchtlingsschicksal erspart.«

Der Stammesälteste kramte in der Kiste. »Wer sich für unseren Scheich ausspricht, soll dieses Dokument mit seinem Daumenabdruck besiegeln.« Die anwesenden Sippenoberhäupter unterzeichneten. Der Stammesälteste war zufrieden: »Morgen wird der Kadi dieses Papier dem Militärgouverneur in Beer-Sheva unter die Nase halten.«

Der öffentliche Druck auf die Militärverwaltung auch von Seiten anderer Stämme des Negev zeigte Wirkung. Die verstoßene Sippe gab schließlich klein bei. Die Stammesführung war und blieb in den Händen meines Vaters. Nach einer langen Reihe von Schicksalsschlägen war dieser Erfolg Balsam für unsere Seelen.

Ein Jahr danach kam das Sippenoberhaupt der verstoßenen Familie auf eine tragische Art und Weise um: Er wurde von seinem eigenen Wagen überrollt.

Die Verschnaufpause für unsere Sippe dauerte nur eine Woche. Der Stamm des Ermordeten meldete sich zurück. Eine Delegation angesehener Persönlichkeiten aus dem Negev suchte uns auf und überbrachte uns eine neue Forderung der Klägersippe. Sie verlangte, dass die Mordsache vor einen Beduinenkadi gebracht werde.

»Diesen Weg hatten wir bereits zu Beginn angeboten«, sagte der Stammesälteste. »Die Familie des Ermordeten soll ihr Recht nach den Sitten und Gebräuchen der Wüste bekommen.«

Der Kadi wandte sich an den Sprecher der Würdenträger: »Wie ihr wisst, ist unser Scheich in der Verbannung. Sobald diese Zeit um ist, werden wir der Klägersippe ihr Recht gewähren.«

»Sie sind nicht bereit zu warten«, gab einer der Würdenträger zurück.

Der Stammesälteste war erzürnt. »Ihr Recht verjährt nicht, was bedeuten da wenige Monate. Kennt ihr nicht den Spruch: Nach vierzig Jahren übte der Beduine die Rache aus, und was sagte er? Ich habe mich beeilt.«

Nach zähen Verhandlungen unterbreitete der Delegationssprecher einen Vorschlag: »Euer Scheich ist beim Stamm Abu-Djueed in Verbannung. Das Verfahren soll dort stattfinden. So hat jeder die Möglichkeit teilzunehmen.«

»Wir stellen die Integrität von Scheich Abu-Djueed nicht in Frage, doch solange unser Stammesoberhaupt bei ihm in Verbannung weilt, ist sein Zelt kein neutraler Ort«, äußerte der Kadi seinen Vorbehalt. Und der Stammesälteste pflichtete ihm bei: »Die Unbefangenheit ist nicht gewährleistet.«

»Die Klägersippe drängt auf rasche Klärung«, beharrte der Delegationssprecher. »Kommt keine Einigung zustande, steht euch gemäß den Sitten das Recht zu, bis zu drei Richter zu benennen, die in der Sache dann entscheiden.«

»Wir brauchen Bedenkzeit«, erwiderte der Stammesälteste, »wir müssen mit unserem Scheich Rücksprache halten.«

Am folgenden Tag suchten der Stammesälteste und der Kadi in Begleitung von zwei jungen Männern das Stammeslager von Abu-Djueed auf. Erfreut empfing mein Vater die Ankömmlinge: »Wir sind glücklich über den Besuch.«

»Wir kommen schwer beladen mit Grüßen von euren Familien. Allen geht es gut, es fehlt ihnen an nichts«, berichteten sie. Man tauschte allerlei Neuigkeiten aus. Die Verbannten erkundigten sich nach ihren Feldern und ihren Herden und wurden nicht müde, immer wieder die gleichen Fragen nach ihren Kindern und Frauen zu stellen.

Mein Vater richtete sein Wort an den Stammesältesten und den Kadi: »Es ist mir zu Ohren gekommen, wie tapfer ihr den Angriff auf die Stammesführung abgewehrt habt. Dafür gebührt euch mein tiefer Dank.«

»Der Stamm steht hinter dir«, bekräftigte der Alte, »von dieser Seite bläst kein Wind mehr, doch …«, er stockte.

Mein Vater spitzte die Ohren. »Woher weht der Wind nun?«

»Wind? Es ist eher ein Sturm«, unterstrich der Kadi. Die beiden berichteten meinem Vater ausführlich von den Forderungen der Delegation.

Man diskutierte, wog unterschiedliche Argumente ab, doch am Ende war man sich einig.

Obgleich der Verhandlungsort nicht neutral war, hatte die Sache doch ihre gute Seite: Man hoffte, den Verdacht, der auf unserer Sippe lastete, ein für alle Mal aus der Welt schaffen zu können.

Die Verhandlung wurde auf den folgenden Samstag festgelegt. Im Stammeslager von Abu-Djueed begannen die Vorbereitungen. Für diesen Anlass quartierte man kurzerhand einige Familien aus und nähte deren Zelte zu einem langen Zelt zusammen, denn man erwartete großen Zulauf. Zahlreiche Würdenträger hatten ihr Kommen angekündigt.

Nach dem beduinischen Gewohnheitsrecht sind Gerichtsverhandlungen grundsätzlich öffentlich und bieten daher den Zuhörern eine Gelegenheit, sich mit der Rechtsordnung der Wüste vertraut zu machen. Da die Blutrache ihrer verheerenden Folgen wegen gefürchtet ist, haben Konfliktschlichtungen einen hohen Stellenwert.

Der Samstag brach an. Von fern und nah strömten Menschen aus allen Richtungen zum Versammlungszelt. Alte Blechkisten ratterten über Straßen und Wüstenpisten, Reiter auf Pferden, Kamelen und Eseln näherten sich scharenweise.

Während unsere Seite mit einem guten Dutzend

Männer vertreten war, erschien die Klägersippe mit großem Aufgebot.

Scheich Abu-Djueed nahm an der schmalen Stirnseite des Zeltes Platz. Entlang der Seiten saßen sich die Männer beider Delegationen gegenüber. An diese schlossen sich die Würdenträger an. Die übrigen Zuhörer suchten sich im Gedränge Plätze zu ergattern; das Zelt platzte aus allen Nähten.

Es dauerte geraume Zeit, bis Ruhe einkehrte.

Scheich Abu-Djueed erhob sich und musterte die Gesichter. Dann gab er ein Zeichen mit der Hand und begann zu sprechen. »Ich hätte mir einen glücklicheren Anlass gewünscht, euch in meinem Zeltlager zu empfangen, doch ein tragischer Vorfall hält uns in Atem. Unsere Vorfahren haben uns einen reichen Schatz an Sitten und Gebräuchen weitergegeben. Treten Konflikte auf, so werden sie nach dem Stammesrecht beigelegt. Die Überlieferungen sind der Garant dafür, dass wir in dieser kargen Wüste sicher leben.«

Der Redner hielt kurz inne, sein Blick streifte erst unsere Reihe, dann die Reihe der Klägersippe: »Unter diesem Zeltdach möge jeder sein Recht bekommen.«

Der Zeltherr erteilte der Klägersippe das Wort, dann ließ er sich auf seinem Platz nieder.

Der Großonkel des Ermordeten richtete sich auf und glättete die Ärmel seines Umhangs. »Wie jedermann aus nah und fern bekannt ist, wurde mein Großneffe kaltblütig ermordet. Wer etwas verliert, sucht es, sagten die Vorfahren. Unsere Suche nach den Tätern führte uns nah zum Zeltlager der angeklagten Sippe.« Er legte eine Atempause ein. »Unsere beiden Stämme verbindet seit Generationen gute Nachbarschaft, und wie jeder in der Runde weiß, ist das Nachbarschaftsrecht heilig. Wir beschuldigen sie nicht, den Mord begangen zu haben, doch wir hegen den Verdacht, dass sie die Mörder gesehen haben oder sie kennen.«

»Ihr habt das Wort«, sagte der Zeltherr zu uns gewandt.

Mit einem Wasserstrahl aus dem Krug feuchtete der Stammeskadi seine Kehle an, dann trug er unsere Argumente vor. »Wie vom Vorredner bereits dargelegt, verbindet uns seit langem eine gute Nachbarschaft. Das Brautkamel brachte Mädchen von ihnen zu uns und von uns zu ihnen.

Gegen das Nachbarschaftsrecht zu verstoßen, käme einem Frevel gleich. Jedem steht es zu, das Verlorene zu suchen. Aber ich frage euch: Hat der berühmteste Spurensucher des Landes, Al-Khorti, nicht bezeugt, dass die Täter keines unserer Zelte betraten und dass keine Spuren der Zeltbewohner zu den Tätern führten? Die Täter haben euer Sippenmitglied einen Steinwurf von euren Zelten entfernt erschossen. Wir sollten sie gesehen haben und ihr nicht? Ihr sucht an der falschen Stelle.«

Der Zeltherr, der aufmerksam zugehört hatte, wiederholte die Argumente beider Seiten und fragte dann: »Habe ich eure Standpunkte richtig wiedergegeben?«

Beide Seiten bejahten.

»Bereits mein Großvater und mein Vater haben an dieser Feuerstelle Recht gesprochen«, ließ sich der Zeltherr vernehmen. An die Würdenträger gerichtet sagte er: »Eure Anwesenheit möge der Suche nach einer friedlichen Regelung förderlich sein. Eine Schlichtung ist allemal besser als ein Richterspruch. Die Zeit ist gekommen, Beratungen aufzunehmen.«

Unsere Delegation zog sich, begleitet von einer Reihe von Würdenträgern, in das Verbannungszelt zurück, die andere Sippe suchte ihrerseits einen Platz im Schatten der Ruine auf, um sich mit Würdenträgern zu beraten.

Stunde um Stunde verstrich. Die im Scheichzelt Verbliebenen besprachen ihrerseits den Vorfall und sparten nicht mit guten Ratschlägen. Es war bereits Mittag, als sich die Delegationen im großen Zelt wieder einfanden.

Als alle einen Platz gefunden hatten, eröffnete der Zeltherr erneut die Sitzung.

Dann ergriff der Kadi das Wort: »Wie der Fährtenleser eindeutig nachgewiesen hat, führen die Spuren der Täter nicht zu unseren Zelten. Spuren außerhalb des Zeltlagers liegen nicht in unserer Haftung. Obgleich der Verdacht gegen uns unbegründet ist, sind wir willig, einen Eidschwur abzulegen. Fünf Männer aus unserer Sippe sollen an einem Freitag einen Eidschwur leisten. Der Klägersippe steht es frei, den Ort zu bestimmen.«

Scheich Abu-Djueed hatte aufmerksam zugehört.

»Bekanntlich wiegt ein Eidschwur von fünf Männern schwer. Im Falle eines Meineids werden sie und ihre Nachfahren von Gottes Strafe heimgesucht.«

Er wandte sich an die Klägersippe: »Was haltet ihr davon?«

Der Großonkel wählte seine Worte mit Sorgfalt. »Wir schätzen den Eidschwur bei Gott und dem Propheten nicht gering, doch räumt er nicht die letzten Zweifel beiseite.«

»Selbst bei einem Mordvorwurf gilt der Eidschwur als hinreichend, angesichts eines solch unbegründeten Verdachts sollte er nicht genügen?«, brauste der Kadi auf.

Der Zeltherr hob beschwichtigend seine Hand. »Wenn euch der Eidschwur nicht genügt, was wollt ihr dann?«

Der Großonkel richtete sich auf. »Die Feuerprobe.«

Ein Raunen ging durch das Versammlungszelt.

»Sie allein bringt Klarheit und beseitigt jegliche Zweifel.«

»Nach dem Gewohnheitsrecht steht euch die Feuerprobe nicht zu«, wies der Kadi ihn zurecht.

Ein Würdenträger schaltete sich ein. »Es gibt keine Feuerprobestelle im Negev. Sie liegen außerhalb der Landesgrenzen in Ägypten, Jordanien und Saudi-Arabien. Zu diesen Ländern haben wir von Israel aus keinen Zugang.«

»Wir können warten«, gab der Großonkel zurück, »Blut verfault nicht.«

Der Stammesälteste, der bislang dem Kadi den Vortritt bei den Verhandlungen gelassen hatte, meldete sich zu Wort: »Noch vor einer Woche konnte es euch mit der Verhandlung nicht schnell genug gehen. Ihr wart nicht einmal bereit, die Rückkehr unseres Scheichs abzuwarten. Und auf einmal habt ihr alle Zeit der Welt?« Er bekam einen hochroten Kopf.

»Ob in dieser Region jemals der Frieden einkehrt, wissen nur die Sterne. Das kann Generationen dauern.«

Der Kadi war außer sich. »Soll dieser Verdacht noch auf unseren Enkelkindern lasten? Das ist unzumutbar.«

Der Wortwechsel wurde heftiger, bis der Zeltherr zur Ruhe mahnte. »Ich schlage vor, die Sitzung zu unterbrechen und Beratungen einzulegen. Derweil wird Kaffee vorbereitet, der uns alle wieder aufrichten soll.«

Im Verbannungszelt redeten sich die Mitglieder unserer Sippe die Köpfe heiß. Der Kadi vertrat die Auffassung, man müsse die Forderung der Gegenseite kategorisch ablehnen. Lieber solle man die Angelegenheit notfalls bis zur dritten und letzten Instanz bei einem Richter durchfechten.

Mein Vater teilte diese Ansicht nicht. Zwar sei die Feuerprobe angesichts eines vagen Verdachts nicht angemessen, doch nehme eine Einigung dem Militärgouverneur den Wind aus den Segeln. Auch laste die Verbannung schwer auf unserem Stamm. Er fürchte die Feuerprobe nicht, da er von unserer Unschuld überzeugt sei.

Schließlich schloss sich die Mehrheit der Auffassung meines Vaters an, lediglich der Kadi war nicht umzustimmen.

Mein ältester Bruder wurde nachdenklich. »Habt ihr alle Zeltbewohner gründlich befragt, bevor wir uns die Hände binden?«

»Ja«, erwiderte der Stammesälteste und erzählte, wie er kürzlich sogar den Stammesdepp ausgefragt habe. Als dieser wie ein Schatten am Zelt vorbeigehuscht sei, habe er ihn mit einem süßen Glas Tee ins Zelt gelockt, um ihn auszuhorchen. Auf seine Frage, ob er nachts bisweilen aufstehe, habe der Stammesdepp nur den Kopf geschüttelt und ihn mit großen Augen angeglotzt.

Im Versammlungszelt wurden die beiden Delegationen ungeduldig erwartet. Das Tablett mit den Kaffeeschälchen machte seine Runde, dann wurde die Verhandlung fortgeführt.

»Was haben die beiden Parteien zu berichten?«, stellte Scheich Abu-Djueed die Frage.

Der Großonkel meldete sich zu Wort: »Wir suchen Klarheit in der Sache, wir bestehen auf der Feuerprobe.«

Der Zeltherr drehte seinen Kopf und schaute uns fragend an.

Mein Vater, der das leere Kaffeeschälchen zwischen Daumen und Zeigefinger seiner rechten Hand hielt, wählte seine Worte mit Bedacht. »Unter diesem Zeltdach sind Scheichs und Würdenträger von Rang und

Namen versammelt. Sie alle sind Kenner des Gewohnheitsrechts und sprechen selbst Recht. Unsere Vorfahren gaben uns die Richtschnur auf den Weg: Recht wiegt man in Gramm, Gastfreundschaft in Kamelladung.«

Als seine Blicke durch das Zelt wanderten, nahm er viele nickende Köpfe wahr. »Mehr als ein Eidschwur von fünf Männern steht den Klägern nicht zu, doch wollen wir unsere Großzügigkeit nicht nur in der Gastfreundschaft erweisen, sondern auch im Recht. Wir sind bereit, uns der Feuerprobe zu unterziehen.«

»Damit sind wir der Lösung ein großes Stück näher gerückt«, stellte der Zeltherr fest. »Die angeklagte Sippe hat sich grundsätzlich bereit erklärt, der Feuerprobe zuzustimmen, nun geht es darum, auf welche Anklagepunkte sich das Feuerprobeurteil beziehen soll.«

Nach kurzer Beratung trug die Klägersippe ihren Text vor: »Suleiman, Mitglied der Alafenisch-Sippe, unterzieht sich der Feuerprobe im Namen aller männlichen und weiblichen Mitglieder und bezeugt, dass in der Nacht der Ermordung von … keines seiner Mitglieder die Täter gesehen hat noch sie kennt. Des Weiteren bezeugt er, dass, selbst wenn der Ermordete sein Sohn wäre, er nicht wüsste, wer die Täter seien.«

Es herrschte Stille im Zelt. Jeder ließ den Text in sich nachklingen. Statt mit Worten verständigte man sich mit Blicken.

Der Kadi hob seine Hand. »Alle Anwesenden haben die Worte des Großonkels gehört und verstanden. Ich stelle fest, dass dieser Text Schwachstellen und Unklarheiten hat, die der Wahrheitsfindung nicht dienlich sind. Mein Haupteinwand gilt der Formulierung: ›Alle männlichen und weiblichen Mitglieder‹. Darin eingeschlossen sind Kinder, Taubstumme und auch Geisteskranke. Diese sollten ausgeklammert werden.«

Die Würdenträger wogen diesen Einwand sorgfältig ab.

Mit seinem Zeigefinger zeichnete der Kadi zwei Linien in den Sand. »Mein zweiter Einwand richtet sich gegen den Begriff ›Sehen‹. Wie jeder weiß, gibt es verschiedene Arten des Sehens: Man kann beispielsweise jemanden sehen und ihn erkennen, man kann aber auch eine Gestalt wahrnehmen, ohne sie zu erkennen. Wenn die Klägersippe Gerechtigkeit sucht, sollte sie die zweite Form des Sehens ausklammern.«

Der Großonkel reckte seinen Kopf. »Wir bestehen auf dem Begriff ›Sehen‹ in all seinen Bedeutungen und beharren auf der Formulierung, die alle Sippenmitglieder ohne Ausnahme einschließt.«

Ein alter Würdenträger mit langem weißen Bart erhob sich. »Es ist nicht im Sinne der Gerechtigkeit, wenn man weniger als sein Recht bekommt, aber umgekehrt kann es nicht richtig sein, mehr zu verlangen, als einem zusteht. Der Kläger von heute kann der Angeklagte von morgen sein.«

Seine Worte fanden bei vielen der Anwesenden Zustimmung, bei der Klägersippe stießen sie jedoch auf taube Ohren.

Es wurde laut im Zelt, die Wortgefechte nahmen an Heftigkeit zu. Scheich Abu-Djueed sah sich gezwungen, mit erhobenen Armen zwischen die streitenden Parteien zu treten. »Ruhe! Ruhe! Ihr seid unter meinem Zeltdach.«

Alle Versuche der Vermittlung scheiterten. Die Klägersippe beharrte darauf, dass der Text ohne Abstriche gelten sollte.

Der Kadi war ungehalten. »Wer beim Recht so großzügig ist wie bei der Gastfreundschaft, muss am Ende die Kamelladung tragen«, raunte er meinem Vater ins Ohr.

Dieser stockte einen Augenblick, doch dann erhob er sich mit einem Ruck. »Soll der Text bleiben wie er ist. Unsere Hände sind rein, wir haben nichts zu verbergen. Mein ältester Sohn wird sich der Feuerprobe unterziehen.«

»Das sind klare Worte«, stellte der Zeltherr fest. An die Klägersippe gewandt fragte er: »Sollte sich eines fernen Tages durch die Feuerprobe die Schuld der angeklagten Sippe erweisen, was fordert ihr als Sühne?«

»Die Blutrache an vier Männern«, gab der Großonkel zur Antwort.

Ein Raunen ging durch die Reihen.

»Üblicherweise wird die Blutrache an nur einem Mann verübt, in diesem Fall jedoch berufen wir uns auf das Nachbarschaftsrecht«, erläuterte der Großonkel. »Ein Verstoß gegen das heilige Recht der Nachbarschaft wiegt vierfach.«

Scheich Abu-Djueed wandte sich an unsere Sippe: »Was verlangt ihr im Falle eines Freispruchs?«

»Die Reinwaschung von jeglichem Verdacht für alle Zeiten«, erwiderte mein Vater und fügte hinzu: »Vier namhafte Scheichs sollen dafür bürgen.«

Der Zeltherr rief seinen Sohn zu sich. »Nun, da die gegenseitigen Forderungen geklärt sind, ist es an der Zeit, ein Dokument zu erstellen.« Mit lauter vernehmlicher Stimme diktierte Scheich Abu-Djueed seinem Sohn den Wortlaut der Vereinbarung. Dieser fertigte für jede Sippe ein Dokument an.

Mein Vater unterzeichnete die Dokumente im Namen seiner Sippe mit einem Daumenabdruck, der Großonkel tat das Gleiche für seine Sippe. Daraufhin drückten die vier bürgenden Scheichs ihre Scheichsstempel auf die Dokumente und unterzeichneten ebenfalls mit Daumenabdruck. Das eine Papier überreichte der Zeltherr meinem Vater, das andere dem Großonkel.

Ein Aufatmen ging durch das Zelt.

Ein langer Verhandlungstag neigte sich seinem Ende entgegen. Jeder suchte nach seinem Schuhwerk, und in Kürze war das Versammlungszelt wie leer gefegt. Nun war der Vorfall auf Papier gebannt, und die Feuerprobe sollte das letzte Wort haben.

Zwei Vollmonde vergingen. Die Tage wurden länger und heißer, die Blumen und Kräuter der Frühlingsweide verdorrten, die Ähren verfärbten sich golden. Lämmer und Zicklein waren nun groß genug, um die Herden auf die Weide zu begleiten.

Im Zeltlager war Ruhe eingekehrt, und so beschloss ich, meinen Vater und meinen Bruder in der Verbannung zu besuchen.

Freudig und zugleich in Sorge begrüßten mich die beiden. »Gibt es Neuigkeiten im Stamm?«, wollten sie wissen.

»Seit der Vereinbarung ist alles ruhig«, erzählte ich.

Erleichtert drückte mich mein Vater an seine Brust. Ich überreichte ihm das Geschenk meiner Mutter, einen bestickten Tabaksbeutel. »Bestimmt hat deine Mutter lange daran gearbeitet«, meinte mein Vater, als er den Beutel in die Tasche seines Gewandes steckte.

Wir sprachen über dieses und jenes, dann nahm mich mein Vater zur Seite. »Dein Kommen hat einen besonderen Grund, ich merke, dass du etwas auf dem Herzen hast«, sagte er. »Sag, was bedrückt dich?«

»Die Geschichte mit der Feuerprobe ruht, eine gute Ernte steht vor der Tür ...« Ich zögerte.

»Sprich weiter, mein Sohn, was bedrückt dich?«

»Ich möchte in die Schule zurück. Dieses Schuljahr, das in zwei Monaten zu Ende geht, ist entscheidend für mich. Ein Abschluss würde mich zum Besuch des Gymnasiums berechtigen«, erklärte ich.

Mein Vater stützte seinen Kopf in die Hand und überlegte.

»Die zwei Ferienmonate im Sommer kann ich arbeiten und Geld verdienen, im Übrigen kehrt ihr zum Sommerende aus der Verbannung zurück.«

Mein Vater klopfte mir auf die Schulter und mit einem Lächeln sagte er: »Geh in die Schule zurück, wir werden die nächsten zwei Monate auch so überstehen.«

Mir fiel ein Stein vom Herzen. Nach langer Zeit blickte ich wieder hoffnungsfroh in die Zukunft. Überglücklich verabschiedete ich mich.

Zwei Tage danach kramte ich meine Schulsachen hervor und machte mich auf den Schulweg. Lehrer und Schulkameraden waren überrascht mich wiederzusehen. Sie begrüßten mich freundlich, der eine oder andere Lehrer bot mir sogar Nachhilfe an.

Auf dem Heimweg klagte mir einer meiner Mitschüler, Munir, sein Leid. Auf Druck seines Vaters, der wenig auf die Schule hielt, sollte er von der Schule abgehen. Ich bot ihm an, bei uns zu wohnen, wohl wissend, dass sein Vater es nicht wagen würde, ihn aus dem Scheichzelt zurückzuholen.

Und so geschah es. Ich bot Munir einen Unterschlupf, und im Gegenzug half er mir, den verpassten Stoff nachzuholen. Der Plan ging auf, und die Zusammenarbeit bewährte sich. Tagsüber drückten wir gemeinsam die Schulbank und am Nachmittag trafen wir im Zeltlager ein. Wir halfen bei der Zeltarbeit, fütterten die Tiere und gingen dem Stammesältesten zur Hand, wenn er Brennmaterial brauchte oder wenn Teegläser zu spülen waren.

Am Abend verließ der Stammesälteste gewöhnlich als Letzter das Scheichzelt. Schmunzelnd verabschiedete er sich mit den Worten: »Ich überlasse das Zelt den

Scheichs der Nacht.« Wir wussten, dass unsere Anwesenheit ihm gelegen kam, denn er verbrachte die Nächte lieber bei seiner Frau als alleine im Scheichzelt.

Sobald wir im Männerabteil alleine waren, brach die Zeit der Schularbeiten an. Ich stellte mich auf den Kaffeemörser und griff nach der einzigen Petroleumlampe. Sie hing an der mittleren Zeltstange und tauchte beide Zeltabteile in ein schummriges Licht. Wir stellten die Funzel zwischen uns und schlugen die Schulbücher auf.

Meine Mutter, die hinter der Trennwand im anderen Zeltabteil saß, klagte des Öfteren: »Ich hocke im Dunkeln, wann hängt ihr die Lampe wieder an ihren Platz?«

»Das Lernen kann dauern, geh lieber schlafen«, bekam sie gewöhnlich zu hören.

»Ich freue mich auf den Tag, an dem die Schule zu Ende ist«, hörte ich sie bisweilen mürrisch murmeln. Während dieser zwei Monate war die Petroleumfunzel ein ständiger Zankapfel zwischen uns und meiner Mutter.

Hatten Munir und ich genug gelernt, hängte ich die Lampe wieder an ihren gewohnten Platz. Dann streckten wir uns auf den Matratzen aus und schliefen.

Erst das rhythmische Stampfen des Kaffeemörsers am Morgen weckte uns. Neben der Schnabelkanne brodelte bald der Teekessel. Munir und ich wuschen unsere Gesichter und gesellten uns dann zum Stammesältesten an das Feuer.

Mit den Worten »Ein Glas Tee für die Wächter des Zeltes« überreichte er uns gewöhnlich den süßen Tee und ein Stück angewärmtes Fladenbrot.

Allmählich fasste ich wieder Fuß in der Schule, und der Schulabschluss rückte in greifbare Nähe.

Während bei uns im Zeltlager nach den Turbulenzen der vergangenen Monate Ruhe eingekehrt war, spitzte sich der Konflikt in der Region immer mehr zu. Die Nachrichten der drei Radiosender wurden von Tag zu Tag beunruhigender. Der Tonfall war aggressiv und bedrohlich.

Ein Wendepunkt war die flammende Rede des ägyptischen Präsidenten Gamal Abdel-Nasser, in der er, die arabische Ehre beschwörend, die Blockierung der Straße von Tiran im Roten Meer für die israelische Schifffahrt bekannt gab und den Abzug der UNO-Blauhelme an der Grenze zwischen Israel und dem Gazastreifen anordnete.

Statt Liebesliedern erklang im ägyptischen Radio zunehmend Marschmusik.

Das israelische Radio verbreitete seinerseits die Meldung, man habe die Mobilmachung der Streitkräfte angeordnet. Selbst Lastwagen der Beduinen wurden eingezogen, und mehr und mehr beherrschten Militärkonvois die Straßen und Pisten.

Die Beduinen waren beunruhigt, zwischen die Fronten zu geraten.

»Hab ich euch nicht schon einmal gesagt, dass mich

dieses Jahr die Ähren an das Jahr 1948 erinnern?«, sinnierte Harb, der alte Hirte, nachdenklich.

»Du hattest recht«, pflichtete ihm der Kadi bei. »Wenn die Ernte besonders reichlich ausfällt, gibt es Krieg.«

»Die Hebamme hat dir nicht umsonst den Namen Harb, Krieg, gegeben, er passt zu den Zeitläufen«, kommentierte ein Greis.

»Leute, ich war heute in Beer-Sheva auf dem Markt, um Lämmer zu verkaufen«, erzählte Harb. »Mir war unheimlich, ich und meine Lämmer waren fast alleine auf dem Markt. Beer-Sheva ist wie eine Geisterstadt. Die Menschen haben sich in ihre Häuser zurückgezogen; die wenigen, die noch auf der Straße sind, laufen hektisch umher. Am Stadtrand heben Soldaten Gräben aus und türmen Sandsäcke auf.«

Der Stammesälteste rief die Familienoberhäupter zu sich. »Es ist höchste Zeit, Mehl- und Wasservorräte anzulegen. Versteckt sie in den Höhlen und unter den Felsvorsprüngen. Sobald das erste Flugzeug am Himmel auftaucht, verlassen wir die Zelte und suchen unsere Verstecke auf.«

Ein Hirte verzog sein Gesicht. »Wir sollen Zelte und Herden zurücklassen?«

»Es ist gefährlich, in den Zelten zu bleiben, die Flugzeuge könnten das Zeltlager mit einem Militärcamp verwechseln. In den Höhlen sind wir sicher. Drei Männer verstecken sich unter den nahen Felsvorsprüngen und werfen ein Auge auf Zelte und Herden.«

Der Stammesälteste fuchtelte mit den Händen. »Jeder soll mit anpacken, wir haben keine Zeit zu verlieren.«

Seit Tagen lag meine Mutter bis spät in der Nacht auf der Matratze und starrte Löcher in das Zeltdach.

»Mutter, willst du nicht schlafen?«, fragte ich nach.

»Ich finde keine Ruhe«, erwiderte sie. »Die Sorge um deinen Vater und deinen Bruder raubt mir den Schlaf. In dieser bedrohlichen Lage vermisse ich sie mehr denn je.«

Ich setzte mich zu ihr und hielt ihre rechte Hand. »Sie sind alt genug. Sie werden auch beim anderen Stamm ein Versteck finden.«

»Nicht nur das, ich mache mir auch Gedanken um meine Verwandten in Jordanien.«

»Ich weiß«, erwiderte ich. Seit meiner frühesten Kindheit war ich mit dem Schicksal ihrer Sippe vertraut, die im Kriegsjahr 1948 nach Jordanien geflüchtet war. Obgleich meine Mutter ihre Geschwister seit damals aus den Augen verloren hatte, gab sie die Hoffnung auf ein Wiedersehen nie auf. Besonders gern lauschten wir Kinder der Erzählung von meinem Onkel, dem Weihrauchhändler. Dieser zog auf der Suche nach seiner Geliebten von Zeltlager zu Zeltlager, bis er sie wiederfand.

Die Spannung zwischen Israel und seinen Nachbarstaaten entlud sich im Juni 1967. Im Morgengrauen berichteten alle drei Radiosender übereinstimmend von Kampfhandlungen. Der Sechstagekrieg brach aus.

Als die Zeltbewohner die Nachricht vernahmen, waren sie zunächst wie gelähmt. Doch dann stoben sie panikartig in alle Richtungen auseinander und suchten ihre Verstecke auf. Den ganzen Vormittag über lugte der Stammesälteste aus seinem Unterschlupf hervor und suchte den Himmel ab. »Merkwürdig, der Krieg tobt, doch am Himmel ist kein Flugzeug zu sehen. Wo bleiben die ägyptischen Flugzeuge, von denen das Radio so viel erzählt hat?«

Widersprüchliche Meldungen überschlugen sich. Während bei allen drei Radiosendern der Krieg tobte, zeigte sich der Himmel über uns von seiner schönsten Seite.

Gegen Mittag bekam der Stammesälteste Antwort auf seine Frage: Israelische Kampfflugzeuge hatten die gesamte ägyptische Luftwaffe zerstört. Die Nachricht ging von Höhle zu Höhle. Zur Vorsicht harrte man noch bis zum Abend in den Verstecken aus, doch dann kehrten die Menschen in ihre Zelte zurück.

Das Radio war fast Tag und Nacht auf Empfang, sodass der Stammesälteste schon besorgt seinen Vorrat an Batterien musterte. Doch seine Sorge war umsonst, denn nach sechs Tagen wurden die Kampfhandlungen eingestellt. Die israelischen Truppen standen am Ufer des Suezkanals, waren nach Osten bis zum Jordan vorgedrungen und hatten im Norden den See Genezareth überschritten.

Es dauerte nicht lange, bis im ägyptischen Radiosender *Die Stimme der Araber* Liebeslieder die Marschmusik wieder ablösten.

»Viel Schlaf macht das Leben nicht länger, lange wach zu bleiben, verkürzt das Leben nicht«, hallte die Stimme der ägyptischen Sängerin Umm Kulthum im Zeltlager wider.

Die Zeit der Ernte brach an. Bereits im Morgengrauen machten sich die Zeltbewohner an die Arbeit. Die Männer schnitten die hoch stehenden Ähren mit Sicheln, die Frauen rissen sie mit bloßen Händen aus der Erde. Zum Schutz hatten sie ihre Hände zuvor mit Henna eingerieben. Die Ähren türmte man auf den Anhänger des Traktors, der unentwegt zwischen den Feldern und dem Dreschplatz hin und her pendelte.

Hatte die Sonne um die Mittagszeit die Ähren auf dem Dreschplatz getrocknet, lösten Esel den Traktor ab. Ein Dutzend mit einem Seil verbundener Esel wurde über den Dreschplatz getrieben, wobei der älteste Esel sich in der Mitte um sich selbst drehte, während die jüngeren und kräftigeren am äußeren Rand liefen. Mancher bockige Esel musste mit Hieben davon abgehalten werden, sich über die Ähren herzumachen.

Am Ende türmten sich Berge von Weizen und Gerste auf dem Dreschplatz. Es war die reichste Ernte seit langem.

Auch Munir und ich hatten Erfolge zu vermelden. Wir legten die Prüfungen ab und ebneten damit den Weg zum Gymnasium.

Noch bevor die Sommerferien zu Ende waren, kehrten die Verbannten in das Zeltlager zurück. Die Freude kannte keine Grenze, als derselbe Lastwagen, der vor sechs Monaten hinter dem Hügel verschwunden war, nun wieder auftauchte. Groß und Klein waren auf den Beinen, um die lang ersehnten Stammesbrüder wieder in die Arme zu schließen.

Die Rückkehr wurde mit einem üppigen Festmahl gefeiert. Mein Vater nahm seinen Platz auf dem Schaffell am Feuer wieder ein und bedankte sich insbesondere bei dem Stammesältesten, dass er die Kälte von diesem Platz ferngehalten habe.

Der Alte nickte, während Tränen der Rührung über seine Wangen kullerten.

Die ersten drei Tage war im Scheichzelt ein ständiges Kommen und Gehen, Beduinen aus verschiedenen Stämmen überbrachten ihre Glückwünsche. Als der Besucherstrom abgeebbt war, nahm mein Vater seine Aufgabe als Scheich wieder wahr.

Nach langer Zeit besuchte er den Beduinenmarkt von Beer-Sheva, der nun wieder überfüllt war wie eh und je. Er traf Freunde und Bekannte und wechselte hier und da einige Worte, unzählige Male musste er seine Geschichte erzählen.

Auf der Mitte des Marktes griff ein alter Freund nach seinem Arm: »Wie gut, dass ich dich treffe, ich habe eine erfreuliche Nachricht für dich.«

Mein Vater horchte auf. Der Freund berichtete: »Stell dir mal vor, nach neunzehn Jahren habe ich meine Verwandten in der Westbank aufgespürt. Ein Schwager von dir wohnt in ihrer Nachbarschaft. Er legte mir ans Herz, dir von ihm zu berichten.«

»Kaum zu glauben. Ich danke dir«, erwiderte mein Vater. »Meine Frau wird überglücklich sein.«

Und so war es. Bereits am nächsten Tag brachen meine Eltern in Richtung Westbank auf. Nach neunzehn Jahren der Trennung war es meiner Mutter endlich vergönnt, ihren ältesten Bruder wiederzusehen.

Seit die Vereinbarung über die Feuerprobe auf Papier gebannt war, herrschte zwischen uns und der Sippe des Ermordeten gespannte Ruhe. Die Beziehungen blieben weiter eingefroren, man ging sich aus dem Weg. Weder gab es weitere Schikanen durch die Militärverwaltung, noch wurden neue Forderungen der Sippe an uns herangetragen. Die Angelegenheit sollte vierzehn Jahre ruhen.

Für mich brach eine Zeit großer Veränderungen an. Einen Vollmond nach der Rückkehr meines Vaters aus der Verbannung verstaute ich meine Habseligkeiten in einen Sack und nahm Abschied von meiner Familie. Mit dem Bus machte ich mich auf die Reise nach Norden, mein Ziel war das arabische Gymnasium in Nazareth.

Nach kurzer Suche mietete ich im Schlachthofviertel ein kleines Zimmer und richtete mich dort für die nächsten vier Jahre ein. Auf dem Bazar besorgte ich das Allernötigste. Eine Strohmatratze, einen Kerosinkocher und einen Aluminiumtopf. Statt einer Petroleumfunzel hing nun eine nackte Glühbirne an der Decke.

An das Stadtleben musste ich mich erst gewöhnen. Es war abwechslungsreich, vielfältige Eindrücke stürmten auf mich ein: Das Glockengeläut der Kirchen, die Rufe der Muezzine von den Moscheen, das riesige Gymnasium mit über tausend Schülern und Schülerinnen. Zum ersten Mal betrat ich eine arabische Buchhandlung, las Zeitungen und ging ins Kino.

Mein Wunsch, das Gymnasium zu besuchen, war in Erfüllung gegangen, doch um den Preis der Fremde. Ich vermisste meine Familie und die Wüste.

Die Schulferien verbrachte ich im Süden. Einen Teil der Ferien weilte ich bei meiner Familie, den Rest der Zeit arbeitete ich, um mein Schulgeld zu verdienen. Nach vier Jahren legte ich das Abitur ab. Einen Monat später brach ich nach Europa auf.

Im Herbst des Jahres 1980 nahm ich ein Hochzeitsfest zum Anlass, meine Familie wieder einmal zu besuchen. Im Stammesgebiet hatten sich so tief greifende Veränderungen vollzogen, dass ich staunte. Die Bewohner hatten begonnen, die Zelte aus Ziegenhaar gegen Steinhäuser einzutauschen. Die ersten Gebäude auf dem Land meines Großvaters waren unweit des Brunnens gebaut worden. Mein Vater hielt eisern an seinem Scheichzelt fest, doch war es nun mehr und mehr von Häusern umgeben.

Eine Woche nach Ausklang des Hochzeitsfestes holte uns die alte Geschichte wieder ein. Zwar hatte man sie nicht vergessen, doch war sie angesichts des langen Zeitraums und der Umwälzungen, die die Moderne mit sich gebracht hatte, in den Hintergrund gerückt.

Nach vierzehn Jahren meldete sich nun die Klägersippe zurück. Ein Stammesführer in Begleitung von drei Männern traf im Scheichzelt ein. Als Grund für den Besuch vermutete man, dass er sich in unserer Nachbarschaft ansiedeln oder Vermittlung in einer Angelegenheit erbitten wollte.

»Eine Sache geht nicht verloren, solange es einen Sucher gibt«, eröffnete der Besucher das Gespräch. »Im letzten Jahr wurde zwischen Israel und Ägypten ein Friedensvertrag vereinbart. Inzwischen ist die Grenze durchlässig geworden, man darf nach Ägypten einreisen.« Der Redner machte eine Atempause. »Die Sippe des Ermordeten fordert euch nun auf, die Vereinbarung über die Feuerprobe zu erfüllen.«

Nach einer Schrecksekunde fasste sich mein Vater. »Was vereinbart wurde, gilt.«

Er wechselte einen Blick mit meinem ältesten Bruder und wandte sich dann an den Besucher: »Überbringe der Klägersippe meine Antwort: Beide Parteien sollen sich am kommenden Samstag bei Scheich Abu-Djueed treffen, um die Einzelheiten abzustimmen. Jeder bringt sein Dokument mit.«

Nach einem Handschlag verließen die Vermittler das Zelt.

Bei uns hatte sich die Ruhe verabschiedet, die Gesichter wurden lang und länger. Es war schwer, die richtigen Worte zu finden.

»Auf die Stunde der Trunkenheit folgt die Stunde der Nüchternheit«, unterbrach ein Greis die Stille. »Wir hätten damals auf den Kadi – Gott sei seiner Seele gnädig – hören sollen.«

»Ich habe eine Kamelladung zugestanden und ich werde eine Kamelladung auch tragen«, erwiderte mein Vater gereizt, und mein ältester Bruder pflichtete ihm bei: »Klagelieder wecken die Toten nicht auf. Ich bin derjenige, der sich der Feuerprobe unterziehen wird.« Er war erregt. »Vater, wo ist das Dokument?«

»In der Kiste«, erwiderte mein Vater.

»Salim, hol es heraus und lies es uns vor.«

Ich durchwühlte die Kiste und zog allerhand Papiere hervor: Ein vergilbter Papierfetzen, dessen Ränder von Mäusen angenagt waren, trug einen Stempel aus der Osmanenzeit. Schuldscheine aus den Dreißigerjahren, der britischen Mandatszeit in Palästina, fanden sich ebenso wie in Hebräisch verfasste Personalausweise, deren Inhaber bereits vor Jahrzehnten verstorben waren.

Schließlich schüttete ich den Inhalt der Kiste auf den Teppich. Alte Münzen rollten in den Sand. »Das sind Maria-Theresia-Taler aus den Zeiten deines Großvaters«, erklärte mein Vater.

Die uralte Kiste erwies sich als Fundgrube, doch das Dokument, das wir suchten, war nicht darin.

Mein Vater fasste sich an das Kinn, wie er es zu tun pflegte, wenn er nachdachte. Er wurde ungehalten, wenn man ihn dabei störte. »Mutter von Suleiman«, rief er dann, »sind die Papiere bei dir?«

»Bei mir?«, empörte sich meine Mutter. »Bist du der Scheich oder ich?«

Ratlos schaute mein Vater um sich. »Sucht jeden Zeltwinkel ab«, wies er uns an.

Nach der Kiste stellten wir nun das Zelt auf den Kopf. Wir klopften Kopfkissen ab, schüttelten die Teppiche aus, drehten die Matratzen um, doch das Dokument war unauffindbar.

Der Stammesälteste fuchtelte wild mit den Armen. »Wie stehen wir denn da ohne Dokument? Sollen wir den Leuten erzählen, die Ziegen hätten es gefressen?«

Mein Vater schaute ihn von der Seite an. »Ruhe bewahren! Lass mich nachdenken.«

In der folgenden Nacht fand mein Vater weder Ruhe noch Schlaf. Er wälzte sich auf seinem Schlaflager, ging ziellos im Zelt umher, dann lugte er durch den Zelteingang zum Sternenhimmel, als erwarte er von oben eine Antwort.

»Hast du die Papiere auch sorgfältig durchsucht?«, flüsterte er mir immer wieder zu.

»Bei der Seele meines Großvaters, das Dokument ist nicht in der Kiste«, antwortete ich leise. »Vielleicht hat ein Kind damit ein Feuer angezündet.«

»Vor drei Jahren habe ich das Papier zum letzten Mal in der Kiste gesichtet«, sinnierte mein Vater. »Der Stammesahn stehe uns bei.«

Die Nacht brachte keine Klarheit.

Beim Morgenkaffee saß mein Vater mit roten Augen auf seinem Schaffell. Er war in sich versunken, achtlos schob er das Tablett mit dem Frühstück beiseite. Keiner wagte ihn anzusprechen.

Wie von einem Skorpion gestochen sprang er plötzlich auf. »Ich hab es! Ich hab es! Wo ist mein Bruder Salim? Er hat das Dokument!«

Eilends schickte man nach dem Onkel. Er erschien, gestützt auf zwei seiner Söhne, denn er hatte im vergangenen Jahr einen Schlaganfall erlitten und war linksseitig gelähmt. Das Sprechen fiel ihm schwer.

»Bruder Salim, ich habe dir das Dokument von der Feuerprobe anvertraut. Wo hast du es verwahrt?«

Der Onkel verzog sein Gesicht und gab unverständliche Laute von sich.

Mein Vater hielt in der linken Hand ein Papier hoch, mit der rechten deutete er fragend auf das Feuer.

Der Onkel glotzte.

Mein Vater stöhnte.

Er unternahm einen letzten Versuch. Das Papier in der linken, ballte er seine rechte Hand zur Faust und leckte dreimal über den Handrücken. »Bruder, das Dokument über die Feuerprobe!«

Der Onkel grinste.

Alle Versuche und Kunststücke meines Vaters waren vergeblich, Onkel Salim ließ sich nichts entlocken. Nachdem man auch in seinem Haus das Unterste zuoberst gekehrt hatte, gab man die Suche auf. Das Papier war und blieb verschwunden.

»Ein Unglück folgt dem anderen«, schimpfte der Stammesälteste. »Wir werden zum Gespött der Stämme.«

»Keiner verliert ein Wort über das Dokument«,

beschied mein Vater. »Wir müssen Ruhe bewahren.« Es schien so, als hätte er einen Ausweg aus dieser misslichen Lage gefunden.

Am vereinbarten Tag trafen sich beide Sippen bei Scheich Abu-Djueed. Der Zeltherr eröffnete die Veranstaltung mit den Worten: »Wer hätte vor vierzehn Jahren gedacht, dass wir uns heute an derselben Stelle wiedertreffen!« Er wandte sich an die Parteien: »Habt ihr euren Standpunkt verändert?«

»Wir stehen zu der Vereinbarung«, bekräftigte mein Vater und wandte sich dem Großonkel zu: »Trag vor, was in dem Dokument steht!«

Der Großonkel zog aus seiner Gürteltasche ein zerknittertes Papier, das er Scheich Abu-Djueed überreichte. Der Scheich bat seinen Sohn, die Vereinbarung laut vorzulesen. Als der Junge den Text vorgetragen hatte, nickten beide Sippen zustimmend.

»Wo ist dein Dokument?«, erkundigte sich der Zeltherr bei meinem Vater.

Dieser führte aus: »Menschen können sterben, Menschen können erkranken. Wie viele von euch wissen, hat mein Bruder Salim einen Schlaganfall erlitten und kann nicht mehr sprechen. So kann er auch nicht mehr sagen, wo er unser Dokument verwahrt hat. Daher bitte ich den Zeltherrn, eine Kopie für uns anfertigen zu lassen.«

So geschah es.

Im Laufe des Treffens beschlossen beide Parteien, sich Visa für Ägypten zu besorgen. Des Weiteren einigte man sich auf einen unabhängigen Zeugen, der die beiden Delegationen zur Feuerprobe begleiten sollte. Die anfallenden Kosten für den Zeugen hatte unsere Sippe zu übernehmen.

Während wir auf die Visa vom ägyptischen Konsulat in Tel Aviv warteten, beherrschte das Thema Feuerprobe unser Leben voll und ganz. Die Menschen kannten die Feuerprobe nur vom Hörensagen, keiner von uns hatte je einer Feuerprobe beigewohnt.

Geschichten machten die Runde. Meine Mutter erzählte von einem ihrer Brüder, der in den Vierzigerjahren eine Beziehung mit einer verheirateten Frau unterhalten hatte. Der gehörnte Ehemann verlangte von ihm, sich der Feuerprobe zu unterziehen. Der Onkel wurde schuldig gesprochen, und sein Vater musste als Strafe eine hohe Geldsumme entrichten.

Die Ungewissheit über den Ausgang lastete auf uns. Im Falle eines Schuldspruchs stünde das Leben von vier Männern auf dem Spiel. Die Gewissheit, dass mein Vater und mein ältester Bruder als Würdenträger der Sippe zuallererst Opfer der Blutrache würden, quälte mich.

In Zeiten wie diesen misst man Träumen eine besondere Bedeutung bei. Während man Albträume lieber für sich behält, erzählt man Träume mit gutem Ausgang gern. Als Vorboten einer glücklichen Wendung des Schicksals werden sie in aller Länge und Breite wiedergegeben.

»Du lebst doch in Europa, träumst du nicht?«, wollte der Stammesälteste eines Morgens von mir wissen.

»Du bist mir mit der Frage zuvorgekommen«, antwortete ich. »Ich wollte euch gerade einen Traum erzählen.«

Der Stammesälteste blickte mich erwartungsvoll an.

»In der Nacht lag ich lange wach, erst in der Morgendämmerung fiel ich in einen leichten Schlaf. Als ich im Traum die Augen öffnete, traf mein Blick die Augen einer riesigen Schlange. Sie lag ausgestreckt auf meinem Körper, ihr Kopf ruhte auf meiner Brust, und ihr Schwanz berührte meine Ferse. Wie versteinert lag ich da, wagte kaum zu atmen. Die Schlange bewegte sich nicht, doch plagte mich die Angst, ein Zeltbewohner könnte mich wachrütteln und die Schlange würde mich erwürgen.

Mit dem Mut der Verzweiflung packte ich die Schlange am Hals und schleuderte sie von mir. Ich bekam einen Stein zu fassen und schlug wie ein Besessener auf ihren Kopf ein, bis er zertrümmert war.«

Der Stammesälteste strahlte. »Du hast das Unglück besiegt. Dein Traum ist ein gutes Omen!«

Ich kann nicht zählen, wie oft ich den Traum wiederholen musste.

Nach längerem Hin und Her erhielten wir alle ein Einreisevisum nach Ägypten.

Die Klägersippe war vertreten durch den Großonkel und den ältesten Sohn des Ermordeten, unsere Seite war vertreten durch meinen ältesten Bruder, meinen Cousin und mich. Als Zeuge begleitete uns der Scheich eines neutralen Stammes. Die Sippe hatte mich gebeten teilzunehmen, da ich einerseits lesekundig und andererseits reiseerfahren war.

Abreisetag war der 24. November 1980, Treffpunkt war der Beduinenmarkt von Beer-Sheva. Als wir frühmorgens dort eintrafen, herrschte bereits reges Treiben: Frauen boten Wolle, Stickereien, Schmuck, Hühner und Eier an, auf dem Viehmarkt meckerten Ziegen und blökten Lämmer. Lauthals feilschte man um die Preise.

Unser Aufbruch zur Feuerprobe nach Ägypten war das Thema des Tages auf dem Markt. Zahlreiche Freunde und Bekannte machten uns Mut, andere gaben uns ihre besten Glückwünsche mit auf den Weg, Neugierige gesellten sich dazu. Ein Greis, dessen Gesicht von der Sonne gegerbt war, hob seine Hände zum Himmel und flehte, die Wahrheit möge ans Licht kommen.

Nach vielem Schulterklopfen, Umarmungen und Küssen bestiegen wir ein Taxi. Der begleitende Scheich bekam den Ehrenplatz neben dem Chauffeur, die zwei Vertreter der Klägersippe setzten sich in die mittlere Reihe, und wir drei nahmen die hinteren Plätze ein.

Laut hupend bahnte sich das Taxi einen Weg durch das Getümmel und verließ das Marktgelände in Richtung Gaza.

Der Taxifahrer war in aufgeräumter Stimmung. »Heute bin ich ein wahrer Glückspilz«, hörten wir ihn sagen. »Auf einen Schlag ist mein Taxi voll. Es tut meiner Kehle gut, einmal nicht nach Gästen rufen zu müssen.«

Der Scheich drehte sein Gesicht zum Fenster.

Der Fahrer, der die bedrückende Stimmung spürte, nahm einen neuen Anlauf. »Habt ihr einen Ausflug an das Mittelmeer vor?«

»Ja«, gab der Beifahrer mürrisch zurück.

Der Taxifahrer war hartnäckig. »Können die Söhne der Wüste schwimmen?«

»Anstatt zu plappern, solltest du dich besser auf das Fahren konzentrieren«, gab der Scheich zurück. »Deine Fragen bereiten mir Kopfschmerzen.« Er streckte seinen Arm durch das Wagenfenster. »Wir suchen Ruhe, deshalb fahren wir ans Meer.«

Die harschen Worte des Scheichs zeigten Wirkung. Der Chauffeur verstummte. Vor Verlegenheit nestelte er an seiner Kappe.

Nach einer Dreiviertelstunde erreichte das Fahrzeug die damalige Demarkationslinie zwischen Israel und dem Gazastreifen. Der Taxifahrer streckte seine linke Hand aus dem Fenster und deutete auf einen Orangenhain. »Das sind palästinensische Zitrusplantagen.« Er drosselte die Geschwindigkeit und fuhr im Schritttempo auf den israelischen Kontrollposten zu. Der Soldat sah die beduinischen Gewänder und nickte den Fahrer durch.

In Gaza stiegen wir aus. Uns, die wir an die Weite und die Ruhe der Wüste gewöhnt waren, erschien die Stadt wie ein riesenhafter Moloch. Autos, Lastwagen, Motorroller und Eselskarren drängten sich durch die schmalen Straßen, zahllose Menschen lebten auf engstem Raum, Bettler bestimmten das Straßenbild. Das allgegenwärtige Elend verstärkte noch unsere Bedrückung.

»Wir haben noch eine lange Reise vor uns. Lasst uns etwas frühstücken«, schlug der Scheich vor.

Obgleich wir keinen Appetit hatten, spürten wir unsere knurrenden Mägen und nahmen den Vorschlag an. Wir betraten ein Restaurant. Der Wirt konnte seine Freude nicht verbergen, als er die flatternden weißen Gewänder sah. Mit gekonntem Griff ließ er die Preisliste hinter der Theke verschwinden.

»Wir wollen frühstücken«, erklärte der Scheich.

Der Wirt nickte, und im Nu türmten sich Fladenbrote auf dem Tisch, Teller mit Hummus und Falafel wurden serviert, dazu Schalen mit Gurken, Tomaten und Eiern. Tee und Kaffee folgten.

»Genug! Das reicht für ein ganzes Zeltlager«, wehrte der Scheich ab.

Nachdem wir uns gestärkt hatten, beschlossen wir drei, Suleiman, mein Cousin und ich, uns am Strand ein wenig die Beine zu vertreten. Die frische Meeresbrise tat uns wohl.

Mein Cousin, der für seinen Humor bekannt war, deutete auf die Gischt der Wellen. »Seht ihr, dort schwimmt das weiße Kopftuch des Stammesgastes. Könnt ihr euch noch an ihn erinnern?«

Wir nickten müde.

Nach dem Spaziergang suchten wir den Taxistand auf, wo die anderen uns bereits erwarteten.

Unser nächstes Ziel war der Suez-Kanal.

»Suez! Suez!«, hörten wir die Taxifahrer schreien. Als sie die traditionellen Beduinengewänder erblickten, witterten sie reichen Lohn. Entsprechend groß war der Kampf um uns. Tumultartige Szenen spielten sich ab.

Der Scheich fuchtelte aufgeregt mit den Händen. »Wir brauchen nur ein Taxi. Alle Taxis sind gleich.« Er ließ seine Blicke schweifen und deutete schließlich auf einen älteren Fahrer: »Du fährst uns zum Suezkanal.«

Die Wahl erwies sich als gut.

Erschöpft nahmen wir auf den Sitzen Platz, und das Taxi rollte los. »Es ist ein hartes Leben, als Taxifahrer sein Brot verdienen zu müssen«, kommentierte der Großonkel.

»Mit elf Mäulern bleibt mir keine andere Wahl«, erwiderte der Fahrer. Er griff nach seiner Zigarettenschachtel und bot uns Zigaretten an. Bald zogen Rauchschwaden durch die geöffneten Fenster.

Der Taxifahrer war sehr gesprächig, seine gepflegte Ausdrucksweise ließ auf Bildung schließen. Er erzählte uns, dass er früher als Geschichtslehrer tätig gewesen sei. Im Krieg 1948 sei seine Familie aus Lod geflüchtet und hause seither im größten Flüchtlingslager in Gaza.

Vor ein paar Jahren habe er seine Stelle wegen Unstimmigkeiten mit dem Schulleiter verloren. »Zwei Hengste in einem Stall vertragen sich auf Dauer nicht«, lachte er.

Der Erzählschatz des Fahrers schien unerschöpflich, und so war die Fahrt kurzweilig für uns. Als wir das Straßenschild Rafah passierten, erklärte er, wir hätten nun die ägyptische Grenze erreicht. Alle zeigten ihre Pässe und Visa und konnten passieren.

Auf dem Weg zum Suezkanal waren Spuren des Krieges von 1967 allgegenwärtig. Panzerwracks und ausgebrannte Militärfahrzeuge der ägyptischen Armee lagen am Straßenrand.

Beim Ortsschild Beer Al-Abed kam der Fahrer erneut auf die Geschichte zu sprechen. »Im Ersten Weltkrieg haben sich die Araber mit den Briten gegen die Türken verbündet. Es war ein Fehler, den leeren Versprechungen der Briten zu glauben. Wir haben an ihrer Seite gekämpft, doch die Freiheit blieb aus.«

»Nicht alle Araber«, warf mein Bruder ein. »Unsere Stämme im Negev haben die Türken unterstützt.«

Der Geschichtslehrer war erstaunt. »Das habe ich in meinen Büchern nicht gelesen.«

Ich lachte: »Bücher werden von Städtern geschrieben«, und fügte hinzu: »Beer Al-Abed ist in unsere Stammesgeschichte eingegangen. Mein Großvater kämpfte auf Seiten der Türken gegen indische Einheiten unter britischer Führung. Die Beduinen haben die Schlacht um Beer Al-Abed gewonnen. Unser Großvater erbeutete sogar ein weißes Kamel und ein Gewehr.«

»Alle Achtung!« Der Taxifahrer war verwundert. Wegen einer scharfen Kurve drosselte er die Geschwindigkeit. »Wir brauchen noch zwei Stunden bis zum Suezkanal«, erklärte er.

Ich ließ die Kargheit der Landschaft auf mich wirken, betrachtete die Sanddünen und das Spiel der Schatten. Immer wieder schweiften meine Gedanken zur Feuerprobe.

Am Nachmittag deutete der Taxifahrer auf den Horizont. »Seht ihr das Schiff? Da ist der Suezkanal.« Er drückte auf das Gaspedal. Fast gleichzeitig mit dem riesigen Schiff erreichten wir die Anlegestelle für die Fähre.

Nach langer Fahrt stiegen wir aus. Wir beglichen unsere Reisekosten und drückten dem liebenswerten Fahrer ein ordentliches Trinkgeld in die Hand. Neugierig erkundigte er sich beim Abschied: »Wollt ihr die Pyramiden der Pharaonen besichtigen oder interessieren euch die schönen ägyptischen Bauchtänzerinnen?«

»Weder noch«, gab ihm der Scheich zur Antwort und klopfte ihm auf die Schulter. »Leb wohl!«

Es war ein herbstlicher Nachmittag. Die Sonne warf ihre glitzernden Strahlen auf das blaue Wasser des Kanals. Sanddünen säumten die Ufer der breiten Wasserstraße.

Wir schritten auf die Anlegestelle zu. Die farbenprächtigen Kleider der ägyptischen Fellachinnen kontrastierten mit unseren weißen Gewändern. Säcke, Körbe und andere Habseligkeiten lagen umher. Ich betrachtete die Fähre, die von der anderen Uferseite her auf uns zusteuerte und ließ meine Blicke über die malerische Landschaft schweifen. Ich war tief bewegt, denn die Wasserstraße durch die Wüste kannte ich bislang nur aus Büchern und aus überlieferten Erzählungen.

Während ich so in Gedanken versunken war, stand mein Bruder plötzlich schwankend am Ufer. Reflexartig schob ich den Bauern vor mir auf die Seite, griff nach Suleimans Arm und zog ihn zurück.

»Komm, setz dich auf die Düne.« Ich reichte ihm die Wasserflasche.

Nachdem er sein Gesicht erfrischt hatte, kam er allmählich wieder zu sich. »Mir wurde schwarz vor Augen, fast wäre ich in den Kanal geplumpst.«

Inzwischen war mein Cousin herbeigeeilt. »Du hast ihn gerade noch aufgefangen. Es wäre ein schlechtes Omen, vor der Feuerprobe ins Wasser zu fallen.«

»Und im Übrigen kann Suleiman nicht schwimmen«, setzte ich hinzu.

In der Zwischenzeit hatte die Fähre angelegt. Jeder griff nach seinem Gepäck und suchte einen Platz auf der überfüllten Fähre zu ergattern. Trotz der Enge auf Deck war die Stimmung freundlich und gelassen. Manche Bauern luden uns, die Fremden, gar zu sich ein. Mehr als einmal mussten wir die freundliche Geste dankend ablehnen. Selten im Leben war mir eine solche Herzlichkeit begegnet.

Am anderen Ufer verabschiedeten uns die Fellachen mit warmem Händedruck, als wären wir seit langem enge Freunde.

Im Gedränge hielten wir Ausschau nach einem Taxi. Die Wahl fiel auf einen Fahrer mit beduinischem Gewand. »Zu welchem Stamm gehörst du?«, erkundigte sich der Scheich.

»Zum Stamm der Terabin«, antwortete der Angesprochene. »Kann ich euch helfen?«

Der Scheich zögerte. »Wir wollen zum Stamm Al-Ayadi.«

»Das ist ein großer Stammesverband, dessen Sippen weit zerstreut wohnen. Wen genau sucht ihr?«

»Wir wollen zur Feuerprobe«, erklärte der Scheich.

Der Taxifahrer nickte. »Das ist eine Stunde Fahrt.«

Wir stiegen ein, und der klapprige Geländewagen fuhr los. Der Weg führte uns am westlichen Kanalufer entlang in Richtung Süden. Nach der kargen Landschaft des Sinai waren wir nun umgeben von Grün; jeder noch so kleine Flecken fruchtbaren Bodens war bebaut. Fellachendörfer mit ihren Lehmhäusern säumten die Straße. Mädchen trieben Büffelkühe zum Melken in die Gatter. Die Sonne stand flach über dem Horizont und tauchte die Landschaft in ein rötliches Licht.

Ich genoss die überwältigende Schönheit der Landschaft und vergaß darüber für einen Augenblick den Grund unserer Reise.

Als die Dämmerung hereinbrach, riss mich der Ruf des Muezzins einer Dorfmoschee aus meiner Versunkenheit.

»Wir haben das Ziel erreicht«, hörte ich die Stimme des Fahrers.

Im schwindenden Licht erkannte ich ein bäuerliches Anwesen von Feldern umgeben. Im Hof ging es lebhaft zu: Büffelkühe wurden gemolken, ein Dutzend Schafe und Ziegen umringten die Futterstelle, gackernde Hühner liefen umher.

Als sich die Wagentür öffnete, nahmen uns zwei junge Männer in Empfang und geleiteten uns zu einer Hütte, die am Rande des Anwesens lag.

Dort erwartete uns eine beeindruckende Gestalt: massig, hochgewachsen, in ein traditionelles beduinisches Gewand gehüllt und einen prachtvoll geschlungenen Turban tragend. Es war der Feuerproberichter des Stammes Al-Ayadi.

Erschöpft ließen wir uns unter dem Vordach der Hütte auf Strohmatten nieder. Einer seiner Söhne brachte uns einen Wasserkrug, ein anderer reichte uns Tee.

»Seid willkommen«, begrüßte uns der Feuerproberichter, der sich auf der gegenüberliegenden Strohmatte niedergelassen hatte.

Trotz der Müdigkeit waren wir in äußerster Anspannung und ließen den Hausherrn nicht aus den Augen. Wachsam verfolgten wir jede seiner Bewegungen und achteten genauestens auf alle seine Äußerungen.

Immer wieder erkundigte er sich nach unserem Befinden. Nach einer Weile wurde ein Tablett mit Essen gereicht. »Greift zu!«, ermunterte er uns. »Es ist eine ägyptische Spezialität: Kaninchen mit Spinat.«

Obgleich wir keinen Appetit verspürten, tunkte jeder von uns sein Fladenbrot in die Sauce und nahm sich ein Stückchen Fleisch. Wie ein Spatz zu essen, gilt bei den

Beduinen als äußerst unhöflich und käme einer Beleidigung des Gastgebers gleich.

Der Scheich entschuldigte sich. »So eine feine Mahlzeit bekommt man nicht alle Tage, doch haben wir unterwegs bereits gegessen. Gott möge dich für deine Gastfreundschaft belohnen.«

Der Gastgeber zeigte sich zufrieden und gab ein Handzeichen zum Abtragen des Tabletts. Während wir erneut eine Runde starken und süßen Tee tranken, wandte sich der Hausherr an uns: »Nach eurer Bekleidung und eurem Dialekt zu schließen, seid ihr Beduinen aus dem Negev.«

»Du hast recht«, stimmte mein Cousin ihm zu.

»Seit wann seid ihr unterwegs?«, wollte der Feuerproberichter wissen.

»Heute früh haben wir den Markt von Beer-Sheva verlassen«, gab der Großonkel zurück.

»Eine lange Reise«, bemerkte der Richter. Gestützt auf zwei Kissen legte er sich bequem zur Seite und stellte sein leeres Teeglas auf das Tablett zurück.

»Euer Dialekt hat eine ägyptische Färbung«, ließ sich der Sohn des Ermordeten vernehmen.

»Da liegst du richtig«, sagte der Feuerproberichter. »Wir Beduinen leben mit den Fellachen hier auf engem Raum zusammen. Das färbt ab. Wir bestellen zwar Felder wie die Fellachen, sind aber immer noch dem Beduinentum verbunden.« Der Feuerproberichter stocherte in der Feuerstelle und legte Holz nach. »Und wie ist es bei euch?«

»Bei uns im Negev hat sich auch vieles verändert«, erzählte ich. »Mittlerweile leben viele von uns in Steinhäusern. Und während euer Dialekt sich mit dem ägyptischen vermischt hat, finden sich in unserer Sprache hebräische Wörter.«

»Was baut ihr auf den Feldern an?«, wollte der Sohn des Ermordeten wissen.

»Erdnüsse, Erdbeeren, Mangos und alle Arten von Gemüse. Das Nilwasser ist ein Segen für das Land.«

»Wir haben viele Büffel gesehen«, beteiligte sich mein Bruder am Gespräch. Der Feuerproberichter lächelte. »Sie haben bei uns die Kamele ersetzt.«

Das Gespräch über dieses und jenes setzte sich noch lange fort.

Auf dem Hof war es mittlerweile ruhig geworden. Als der Muezzin zum Nachtgebet rief, wandte sich der Scheich schließlich an den Feuerproberichter: »Bist du der Sohn des berühmten Feuerproberichters Djraibea?«

»Ja, wenn die Mutter die Wahrheit gesagt hat«, erwiderte der Hausherr, und ein Lächeln huschte über sein Gesicht.

»Wann schied dein Vater aus dieser Welt?«, fragte der Scheich nach.

»Mein Vater verstarb im Jahre 1952. Er war der berühmteste Feuerproberichter weit und breit. Aus allen Himmelsrichtungen suchten die Menschen sein großes Zelt auf. So bin ich von Kindesbeinen an mit der

Feuerprobe vertraut. Nach seinem Tod habe ich als ältester Sohn seine Nachfolge angetreten.«

»Mein Vater kannte deinen Vater«, bemerkte der Scheich.

»Das ist möglich«, meinte der Feuerproberichter und fügte hinzu. »Als ich gerade frisch vermählt war, wurde mein Vater einige Male nach Beer-Sheva geholt, um in Mordfällen zu richten. Damals herrschten noch die Briten in Palästina.«

»Wie kam euer Stamm zu der Feuerprobe?« Mein Cousin war neugierig.

»Der Überlieferung nach war einer unserer Vorväter ein begnadeter Spurensucher, dessen Ruf weit über die Stammesgrenzen hinaus reichte. Als er eines Tages die Spuren eines Diebes gefunden hatte, bestritt dieser nicht nur die Tat, sondern bezeichnete unseren Vorfahren sogar als Lügner.«

Der Feuerproberichter hielt kurz inne. »In der darauffolgenden Nacht hatte unser Vorfahre eine Vision, wonach er ein Stück Eisen bis zum Glühen in das Feuer legen solle. Das glühende Eisen würde den Wahrhaftigen nicht versengen. Daraufhin rief er die Männer des Stammes zusammen und ließ den Verdächtigen vorführen.

Er legte eine eiserne Pfanne in die Glut, bis sie rot leuchtete. Nachdem er seinen Mund mit Wasser gespült hatte, leckte er drei Mal mit seiner Zunge über das glühende Eisen. Den Verdächtigen forderte er auf, es ihm nachzutun. Die Zunge desjenigen, der die Wahrheit sage, bliebe unversehrt, die Zunge des Lügners jedoch trage ein Zeichen, erklärte der Vorfahre den Männern seines Stammes.

Diese überprüften die beiden Zungen. Und tatsächlich, die Zunge unseres Vorfahren war unversehrt, die Zunge des Verdächtigen jedoch trug als Zeichen eine kleine Blase. Noch an Ort und Stelle gab der Verdächtige zu, den Diebstahl begangen zu haben. Seit diesem Ereignis wird in unserem Stamm die Feuerprobe durchgeführt.«

Der Feuerproberichter ließ eine Handvoll Tee in den brodelnden Kessel gleiten. »Der ägyptische Tee ist berühmt für seine Stärke«, schmunzelte er.

»Das ist nicht verkehrt«, kommentierte mein Cousin.

Für eine Weile war es still in der Runde; jeder nippte an seinem Teeglas. Dann nahm der Feuerproberichter den Gesprächsfaden wieder auf. »Nach dem Mittagsgebet habe ich mich heute unter diesem Vordach aus Palmwedeln zum Schlafen niedergelegt. Im Traum erschienen mir eure Gestalten auf dem Weg hierher. Mir träumte, ihr suchtet mich in einer schwierigen Angelegenheit auf.« Sein Blick haftete auf der Glut. »Doch mit Gottes Hilfe wird es eine Lösung geben.«

»Du hast richtig geträumt«, bestätigte ihn mein Cousin, »eine so beschwerliche Reise unternimmt man nicht ohne Not.«

»Seit vierzehn Jahren warten wir auf diesen Tag«, schaltete sich der Großonkel ein.

Der Feuerproberichter richtete sich auf und rückte seinen Turban zurecht. »Legt euren Fall dar«, forderte er uns auf.

Der Großonkel nahm einen letzten Zug von seiner Zigarette und warf den Stummel in das Feuer. Dann ergriff er das Wort. Ausführlich schilderte er die Mordgeschichte, geschehen an seinem Großneffen. Er ging auf die näheren Umstände ein und erläuterte, warum seine Sippe die unsrige verdächtigte, die Mörder zu kennen.

Daraufhin legte mein Cousin unsere Sicht der Dinge dar und beteuerte unsere Unschuld.

Der Richter hatte aufmerksam zugehört. »Habt ihr Dokumente zu diesem Fall?«

Der Großonkel griff in die Tasche seines Gewandes und zog das Papier hervor.

»Amer«, rief der Feuerproberichter seinen Sohn, »lies das Dokument langsam und laut vor.«

Amer hielt das Papier unter die Glühbirne, die an der Hüttenwand befestigt war, und las vor.

Der Feuerproberichter wiegte seinen Kopf hin und her. »Wiederhole den mittleren Abschnitt, mein Sohn.«

Der Vorleser erhob die Stimme: »Suleiman, Mitglied der Alafenisch-Sippe, unterzieht sich der Feuerprobe im Namen aller männlichen und weiblichen Mitglieder und bezeugt, dass in der Nacht der Ermordung von … keines seiner Mitglieder die Täter gesehen hat noch sie kennt. Des Weiteren bezeugt er, dass, selbst wenn der Ermordete sein Sohn wäre, er nicht wüsste, wer die Täter seien.«

Der Vorleser gab dem Großonkel das Papier zurück.

Es war still unter dem Vordach. Ein leichter Wind bewegte die Palmblätter, in der Ferne hörte man Hunde bellen. Alle Blicke richteten sich auf den Feuerproberichter, der seine Augen geschlossen hatte und mit sich selbst zu sprechen schien.

Nach geraumer Zeit brach er das Schweigen. »Euer Fall ist heikel. Was ich geträumt habe, scheint sich zu bewahrheiten.« Er zog den Knoten seines Turbans fest. »Sucht ihr die Wahrheit oder das Gegenteil?«

»Die Wahrheit! Wir suchen die Wahrheit«, erwiderten wir im Chor.

»Gott und unsere Vorväter mögen uns vor der Unwahrheit schützen«, murmelte der Feuerproberichter und fuhr fort: »In der Vereinbarung gibt es Unklarheiten, die der Wahrheitsfindung nicht förderlich sind. Der Begriff ›Sehen‹ ist zu unscharf. Man kann sehen, ohne zu erkennen, und man kann sehen und erkennen. Ein Geisteskranker oder Taubstummer könnte die Gestalten gesehen haben, ohne darüber berichten zu können.«

Der Großonkel richtete sich auf. »Vereinbarung ist Vereinbarung. Sie umfasst alle Formen des Sehens!«

Alle Versuche des Feuerproberichters, den Großonkel umzustimmen, fruchteten nicht. Der Großonkel bestand auf dem vereinbarten Text.

Dann richtete der Feuerproberichter sein Wort an uns: »Die namhaften Scheichs und Würdenträger, die dieses Dokument unterzeichnet haben, kennen sie Gott nicht?«

»Wir waren verbannt, unsere Sippe stand unter enormem Druck«, suchte mein Cousin zu erklären. »Deswegen waren wir zu Zugeständnissen bereit.«

»Ein mit Wasser gefüllter Ziegenbalg braucht einen festen Knoten, sonst tropft das Wasser«, zitierte der Richter eine beduinische Weisheit. »Euer Knoten ist nicht dicht.«

Der Feuerproberichter unternahm einen neuen Versuch. Zu dem Großonkel gewandt sagte er: »Warum begnügtest du dich nicht mit einem Eidschwur? Dir ist doch bekannt, dass die Folgen eines Meineids noch weitaus gravierender wären, als die einer Verurteilung bei der Feuerprobe. Mit einem Meineid zieht man Gottes Strafe auf sich und seine Kinder und Kindeskinder.«

»Ich will Klarheit«, beharrte der Großonkel barsch. »Den Eidschwur habe ich vor vierzehn Jahren bereits abgelehnt.«

Der Feuerproberichter wandte sich an uns: »Habt ihr alle Mitglieder eurer Sippe genau befragt?«, wollte er von meinem Bruder Suleiman wissen.

»Stundenlang, nächtelang«, gab mein Bruder Auskunft, und der Cousin fügte hinzu: »Wir haben alles in unserer Macht stehende getan, selbst den Stammesdepp haben wir ausgefragt.«

Der Feuerproberichter war verstimmt. »Die Feuerprobe richtet sich in ihrer Urteilsfindung nach dem Text. Dieser Text birgt Unwägbarkeiten. Ich bin unschlüssig, ob ich angesichts dieser ungenauen Formulierung die Feuerprobe überhaupt durchführen sollte. Auch die lange Zeit des Zuwartens spricht dagegen. Ich folge nicht dem Pfad der Ungerechtigkeit.«

Mein Bruder erhob sich erregt und fasste den Richter an der Hand. »Bei Gott und allen Vorfahren, dieser Verdacht lastet seit vierzehn Jahren auf uns. Wenn die Feuerprobe die Wahrheit spricht, so werden wir diesen Gerichtsort frei von jeglichem Verdacht verlassen.«

»Setz dich!«, forderte der Feuerproberichter ihn auf. Er schaute auf seine Uhr. »Es ist spät geworden, ihr habt eine lange Reise hinter euch. Wir sollten uns alle zur Ruhe begeben und die Angelegenheit noch einmal überschlafen.« Mit diesen Worten erhob er sich und ging.

Seine Söhne versorgten uns mit Matratzen und Decken. Der älteste Sohn erklärte, wir drei sollten in der Hütte schlafen, dem Scheich und den anderen beiden wies er Plätze unter dem Vordach zu. Endlich konnten wir die Beine ausstrecken.

»Männer, der Schlaf ist die beste Medizin«, machte mein Cousin uns Mut. »Morgen kommt der Tag der Entscheidung, da müssen wir ausgeruht sein.« Er und Suleiman lösten ihre Gürtel, legten die Dolche neben ihre Köpfe und schlüpften unter die Decken. Eine nackte Glühbirne warf ihr fahles Licht über uns.

Ich schob ein Kissen unter meinen Kopf und versuchte, es den beiden gleichzutun und zu schlafen. Ich legte mich auf den Bauch, ich drehte mich auf den Rücken, doch an Schlaf war nicht zu denken. Während ich mich hin und her wälzte, vernahm ich bald die regelmäßigen

Atemzüge meiner Begleiter. Wie ich die beiden um ihren seelenruhigen Schlummer beneidete! Sie schliefen in der Gewissheit, die Feuerprobe werde die Wahrheit ans Licht bringen, während ich, der ich in Europa studierte, Zweifel hegte. Und die Vorbehalte des Feuerproberichters waren auch nicht dazu angetan, meine Bedenken zu zerstreuen.

Dann wieder suchte ich Hoffnung in den Gedanken, dass man der Weisheit und dem Erfahrungsschatz der Vorfahren doch Vertrauen schenken könne. Ich verspürte das starke Bedürfnis, mit jemandem zu sprechen. Am liebsten hätte ich meinen Bruder aufgeweckt.

Weit nach Mitternacht erhob sich mein Cousin und verließ das Schlaflager. Ich folgte ihm leise ins Freie. Das Plumpsklo neben der Hütte ließ er links liegen, stattdessen ging er am Rande des Feldes in die Hocke.

Still sog ich die frische Nachtluft in mich ein und betrachtete den Sternenhimmel.

Als mein Cousin sich beim Zuschnüren der Pluderhose umdrehte, erschrak er. »Was ist los mit dir? Was machst du hier?«, fauchte er mich an.

»Ich kann nicht schlafen. Ich bin beunruhigt«, erwiderte ich.

Er packte mich an der Schulter. »Fass Mut! Sei stark!«, flüsterte er. »Keiner darf uns hier zusammen sehen. Erst wenn ich die Hütte betreten habe, kommst du nach.«

Ich nickte, sein Zuspruch tat mir gut.

Eine Weile noch blieb ich wach, doch dann nahm die

Müdigkeit überhand, und ich verfiel in einen tiefen Schlummer. Ich wachte erst auf, als mich jemand kräftig am Arm schüttelte.

»Der schläft tief und fest, er ist kaum wach zu kriegen«, hörte ich meinen Cousin sagen.

Ich rieb mir den Schlaf aus den Augen, griff nach dem Wasserkrug und wusch mir Gesicht und Hände. Dann gesellte ich mich zu den anderen unter das Vordach.

Der Feuerproberichter und seine vier Söhne waren bereits anwesend; einer der Söhne reichte mir ein Glas Tee.

»Trinkt man bei euch keinen Kaffee?«, wollte der Scheich wissen.

»Bei uns hat der Tee den arabischen Kaffee ersetzt«, gab der Feuerproberichter zurück. »Die Kaffeekanne und der Mörser meines Vaters sind seit langem in einer Kiste verstaut.«

Während einer der Söhne das Fladenbrot von gestern am Rand der Feuerstelle anwärmte, servierte sein Bruder Büffelkäse und hart gekochte Eier. »Greift zu«, ermunterte uns der Hausherr, »es gibt nichts Besseres auf der Welt als Büffelkäse.«

Wir bedienten uns an den Eiern, den Büffelkäse ließen wir liegen. Der Feuerproberichter schmunzelte: »Ihr seid an Ziegenkäse gewöhnt«, und winkte seinen jüngsten Sohn herbei, das Tablett abzutragen.

Auf dem Hof herrschte bereits geschäftiges Treiben. Ein junges Mädchen trieb die Büffelkühe aus dem Gatter auf die Felder, Schafe und Ziegen weideten am

Rande des Anwesens. Fellachen und Fellachinnen in ihren traditionellen Gewändern zogen zur Feldarbeit hinaus. Der Himmel war klar, die Morgensonne beschien das Vordach und noch war es kühl.

Die Stimmung in der Runde war gedämpft, man war nicht zu Gesprächen aufgelegt.

»Habt ihr die erste Nacht auf ägyptischem Boden gut verbracht?«, erkundigte sich der Hausherr.

Jeder beteuerte, dass er angesichts der Ruhe und der frischen Landluft tief und fest geschlafen habe. Ich zog es vor zu schweigen.

Mit einer Handbewegung vertrieb der Feuerproberichter eine lästige Fliege vor dem Auge. »Die Nacht ist vorüber, und der Tag ist noch jung«, bemerkte er und schaute in die Glut. »Hast du meine Worte noch einmal bedacht?«, wandte er sich dem Großonkel zu.

»Was man am Abend beschlossen hat, ändert man nicht am Morgen«, ließ sich dieser vernehmen.

Der Feuerproberichter setzte sein Teeglas ab. »Die Seele, die den Ausgleich sucht, ist besser als die Seele, die auf dem Recht beharrt, pflegte mein Vater zu sagen.«

»Ich bestehe auf der Feuerprobe«, gab der Großonkel zurück.

Der Feuerproberichter richtete sich auf. »Ayad!«, rief er seinen ältesten Sohn, »fache das Feuer an. Amer!«, befahl er seinem anderen Sohn, »hol mir das große Heft und das Tintenfass.«

Ayad stapelte Holzscheite auf die Feuerstelle unter

dem südlichen Vordach und entzündete das Feuer. In der Zwischenzeit hatte sich Amer im Schneidersitz neben seinem Vater niedergelassen und schlug, einen Stift in der Hand, das große Heft auf.

Der Feuerproberichter heftete seine Blicke auf meinen Bruder. »Suleiman, bist du freiwillig und ohne Zwang zur Feuerprobe erschienen?«

»Ja«, erwiderte mein Bruder.

»Bist du bereit, dich nach dem vorgegebenen Text der Feuerprobe zu unterziehen?«

»Ich bin bereit.«

»Bist du mit dem Urteil der Feuerprobe einverstanden?«, forschte der Feuerproberichter nach.

»Ich bin einverstanden.«

An die Adresse des Großonkels gerichtet stellte der Feuerproberichter die gleiche Frage: »Bist du mit dem Urteil der Feuerprobe einverstanden?«

»Ich bin mit dem Urteil einverstanden«, bestätigte dieser.

Unterdessen hatte Amer, der Schreiber, die Fragen und die Antworten im Heft notiert.

»Reiche mir das Dokument«, forderte der Hausherr den Großonkel auf.

»Amer, schreib die Formulierung, wonach Suleiman sich der Feuerprobe unterziehen soll, wortwörtlich ab.«

Dann bat er seinen Sohn, die Passage noch einmal laut vorzulesen. »Ist der Text richtig?«, fragte der Richter in die Runde.

»Ja«, bestätigten wir alle.

Der Feuerproberichter betrachtete die Schriftzeilen des Heftes, als könnte er lesen. »Suleiman und der Großonkel sollen stellvertretend für ihre Sippen das Protokoll mit ihren Daumenabdrücken besiegeln.«

Als das geschehen war, reichte er das Heft an den begleitenden Scheich weiter. »Unterschreibe das Protokoll als Zeuge.« Wie die beiden vor ihm tunkte der Scheich seinen Daumen in das Tintenfass und drückte ihn dann auf das Blatt.

Der Richter wandte sich an uns: »Jetzt zu den Formalitäten. Die Gebühr für die Feuerprobe beträgt sechs ägyptische Pfund. Hinzu kommt ein ägyptisches Pfund für den, der das Feuer anfacht.«

Mein Cousin überreichte ihm den Betrag.

»Ayad«, rief der Feuerproberichter seinen ältesten Sohn, »das ist dein Anteil.«

Ayad nahm das ägyptische Pfund an sich, den Rest des Geldes schob der Feuerproberichter unter seine Strohmatte.

»Das Feuer ist bereit«, gab der Sohn bekannt.

Der Hausherr forderte uns alle auf, ihm unter das südliche Vordach zu folgen.

Auf den Strohmatten sitzend beobachteten wir, wie Ayad eine langstielige eiserne Pfanne aus der Hütte hervorholte. Den Kopf der Pfanne, der etwa die Größe und Form einer Suppenschale hatte, legte er in die knisternde Glut. Den Stiel bedeckte er mit Sand.

Mit einem Seitenblick streifte ich meinen Bruder, der seine Anspannung zu zügeln suchte.

Nun weihte der Feuerproberichter meinen Bruder in das Verfahren der Feuerprobe ein. »Wenn die Eisenpfanne glüht, fasse ich sie so am Griff, dass sich der Boden der Pfanne nach oben wölbt. Ich bewege meine Hand nicht, du näherst dich der Pfanne.«

Der Feuerproberichter ballte seine Hand zu einer Faust und leckte drei Mal über seinen Handrücken. »Suleiman, genau so leckst du mit deiner Zunge drei Mal die Pfanne, nicht zu langsam, aber auch nicht zu hastig. Verbrennungen an Nase oder Lippen haben keine Bedeutung, lediglich die Zunge zählt. Die Zunge ist direkt mit dem Herzen verbunden, in dem die Geheimnisse des Menschen schlummern. Bleibt die Zunge unversehrt, so hast du die Wahrheit gesprochen. Trägt die Zunge ein Zeichen, sei es so klein wie eine Linse oder so groß wie eine Bohne, so hast du die Unwahrheit gesagt und Schuld auf dich und deine Sippe geladen. Hast du verstanden?«

»Ja«, antwortete mein Bruder mit bebender Stimme.

Der Feuerproberichter krempelte die Ärmel seines Gewandes hoch. »Suleiman, zeige mir deine Zunge. Ich will feststellen, ob sie unversehrt ist.«

Suleiman reckte seinen Hals zum Richter, und dieser untersuchte die Zunge eingehend. »Deine Zunge trägt weder Narben noch Wunden«, bestätigte er. Dann forderte er meinen Bruder auf, den Anwesenden ebenfalls seine Zunge zu zeigen.

Das Feuer zog meine Blicke magisch an. Die Eisenpfanne, die eben noch orangefarben gewesen war, wechselte allmählich die Farbe.

Als die Eisenpfanne rundum glutrot war, hob der Feuerproberichter seine Hände zu Himmel.

»Gott, sein Prophet und seine Vorfahren mögen uns beistehen, dass die Feuerprobe die Wahrheit ans Tageslicht bringen möge.« Dann forderte er die Anwesenden auf, die Fatiha, die erste Sure des Korans, zu rezitieren. Jeder von uns öffnete seine Hände und murmelte die Verse.

Der Feuerproberichter reichte Suleiman den Wasserkrug. »Spül deinen Mund mit Wasser«, wies er ihn an. Dann schob er den Sand beiseite, packte mit seiner rechten Hand den Griff der Eisenpfanne und streckte den Pfannenkopf mit der Wölbung nach oben zu Suleiman.

Das Herz schlug mir bis zum Hals.

»Leck die Pfanne drei Mal, wie ich es dir gezeigt habe«, forderte der Feuerproberichter ihn auf.

Suleiman näherte sich der Pfanne und reckte seinen Kopf, doch die Hitze ließ ihn zurückzucken.

Beim zweiten Versuch berührte er die glühende Eisenpfanne mit der Zungenspitze.

»Das zählt nicht«, sagte der Feuerproberichter missbilligend.

Ich war wie gelähmt.

»Fass Mut, sei tapfer, O Vater von Ezat!«, feuerte ihn mein Cousin an.

Beim dritten Anlauf schließlich leckte Suleimans Zunge über die Pfanne.

»So ist es richtig«, hörte ich den Feuerproberichter sagen.

»Suleiman, noch zweimal«, ermunterte ihn mein Cousin.

Mein Bruder atmete tief durch, dann leckte er zweimal hintereinander die glühende Eisenpfanne. Mir stockte der Atem.

»Suleiman, spüle deinen Mund mit Wasser«, forderte der Feuerproberichter ihn auf. Er überreichte meinem Bruder den Wasserkrug.

Suleiman spülte seinen Mund dreimal aus. Den Rest des Wassers goss der Richter in die Kuhle der Pfanne, sodass Schwaden von Wasserdampf in die Höhe zischten.

Dann wurde es still. Die Atmosphäre war zum Zerreißen gespannt. Alle Augen richteten sich auf den Feuerproberichter. Dieser entzündete seelenruhig eine Zigarette an der Glut und begann zu rauchen.

Ich, der ich kaum zu atmen wagte, starrte ihn ungläubig an. Er rauchte seine Zigarette zur Hälfte, dann drückte er sie aus.

Der Feuerproberichter schaute meinen Bruder an. »Suleiman, zeige mir deine Zunge!«

Mein Bruder öffnete seinen Mund und streckte die Zunge heraus.

Der Feuerproberichter stützte sich auf seine Hände und heftete seine forschenden Blicke auf die Zunge.

Gebannt schauten wir dem Schauspiel zu.

»Suleiman, deine Zunge ist unversehrt. Zeige sie auch dem Zeugen.«

Der Scheich musterte die Zunge. »Sie ist sauber wie ein weißes Tuch«, bestätigte er.

Ich fiel in mich zusammen, meine Lippen bebten, und ich kämpfte mit den Tränen.

Erst als mein Cousin Suleiman in die Arme schloss, kam ich wieder zu mir und umschlang die beiden überglücklich. Der Moment war so bewegend, dass uns die Worte fehlten.

Erst als der Feuerproberichter aufstand, um Suleiman zu beglückwünschen, lösten wir die Umarmung. Der Scheich trat auf Suleiman zu und drückte ihm die Hände. »Du warst tapfer«, sagte er anerkennend.

Der Großonkel und der Sohn des Ermordeten, die zunächst wie gelähmt auf den Strohmatten gesessen hatten, erhoben sich ebenfalls. Sie drückten meinem Bruder die Hand: »Wir gratulieren dir zu dem Freispruch.«

»Setzt euch!«, vernahm ich die Stimme des Feuerproberichters. Seinen Sohn Amer forderte er auf, folgende Worte in das große Heft zu notieren: »Suleiman hat sich nach dem obigen Text der Feuerprobe unterzogen. Das Urteil lautet auf Freispruch.«

Amer, der Schreiber, fertigte eine Kopie dieses Urteilsspruches an und überreichte es meinem Bruder.

Unsere Freude war grenzenlos. Ich fühlte mich leicht wie ein Vogel. Meine Gedanken waren bei meinem Vater, der sehnlichst unsere Rückkehr erwartete.

Endlich, nach vierzehn Jahren, war unsere Sippe ein für alle Mal von dem Verdacht befreit.

Der Großonkel und der Sohn des Ermordeten blieben noch einige Tage in Ägypten. Wir jedoch hatten nichts Eiligeres zu tun, als unserer Sippe die glückliche Nachricht zu überbringen. Wir verabschiedeten uns von dem Feuerproberichter des Stammes Al-Ayadi und seinen Söhnen und traten in Begleitung des Scheichs die Heimreise an.

Wir drei waren in bester Stimmung.

Immer wieder hielten wir uns an den Händen und umarmten uns. Seit die Zentnerlast von uns abgefallen war, konnten wir die Umgebung mit ganz anderen Augen betrachten. Wir überquerten eine Brücke, die sich über einen Bewässerungskanal wölbte. Fellachinnen wuschen ihre Wäsche, andere balancierten geschickt Krüge auf dem Kopf. Kinder warfen ausgelassen Steinchen in das Wasser.

In der Dorfmitte hielten wir ein Taxi an. Der Scheich setzte sich wieder auf den Ehrenplatz neben dem Fahrer, der uns zur Anlegestelle an den Suezkanal brachte.

Während die Fähre uns über den Kanal schaukelte, spürte ich eine bleierne Müdigkeit.

Am anderen Ufer bestiegen wir ein Taxi in Richtung Gaza.

»Du kannst ja kaum mehr die Augen aufhalten, leg dich auf die Rückbank«, schlug mein Bruder vor. Ich nahm den Vorschlag gerne an und bald sank ich in einen tiefen Schlaf. Erst kurz vor Beer-Sheva kam ich wieder zu mir.

»Wir sind bald da«, hörte ich meinen Cousin sagen.

Ich griff nach der Wasserflasche, trank einen tiefen Schluck und befeuchtete mein Gesicht.

»Du hast für zwei Nächte Schlaf nachgeholt«, scherzte der Scheich. »Jetzt bist du bereit für den Empfang.«

Am Ortseingang stieg die Spannung. Auf Geheiß meines ältesten Bruders drückte der Taxifahrer auf die Hupe, während mein Cousin sein weißes Kopftuch aus dem Fenster hielt. Laut hupend und mit flatternder weißer Fahne durchquerten wir den Ort.

Als das Taxi auf das Scheichzelt meines Vaters zusteuerte, begleitet von rennenden Kindern, strömten Scharen von Menschen aus den Steinhäusern auf das Scheichzelt zu. Die Frauen der Nachbarschaft trillerten, Männer schossen aus ihren Gewehren Salven in die Luft. Unzählige Hände griffen durch die Fenster, um uns zu beglückwünschen.

Angesichts des Gewimmels hatten wir Mühe, aus dem Taxi auszusteigen.

Mein Vater stand vor dem Zelt. Mit Tränen in den Augen drückte er meinen Bruder Suleiman an sich. »Ich bin stolz auf dich«, empfing er ihn. »Du hast den Ruf unserer Sippe für ewig reingewaschen.«

Meine Mutter, die vor Rührung kein Wort hervorbrachte, umschlang ihren ältesten Sohn mit beiden Armen und wollte ihn nicht wieder loslassen. Die Umarmungen und Küsse wollten kein Ende nehmen.

Der Stammesälteste, auf seinen Stock gestützt, wandte sich an den Cousin: »Her mit der Fahne, diese weiße Fahne muss über dem Scheichzelt wehen.«

Unterdessen bahnte uns mein Vater einen Weg in das Zelt.

»Wer im Inneren keinen Platz findet, möge sich vor das Zelt setzen«, rief der Stammesälteste und hob seine Hände: »Lasst uns hören, was sie zu berichten haben.« Nach mehreren Aufforderungen, Ruhe zu bewahren, wurde es still.

Mein ältester Bruder reichte mir das Dokument des Feuerproberichters. »Salim, stell dich an den Zelteingang, damit alle hören können, und lies vor.«

Mit lauter Stimme begann ich zu lesen: »Suleiman, Mitglied der Alafenisch-Sippe, unterzieht sich der Feuerprobe im Namen aller männlichen und weiblichen Mitglieder und bezeugt, dass in der Nacht der Ermordung von ... keines seiner Mitglieder die Täter gesehen hat noch sie kennt. Des Weiteren bezeugt er, dass, selbst wenn der Ermordete sein Sohn wäre, er nicht wüsste, wer die Täter seien.«

Ich hielt kurz inne. »Suleiman hat sich nach dem obigen Text der Feuerprobe unterzogen. Das Urteil lautet auf Freispruch.«

Kaum hatte ich geendigt, brach ungeheuerlicher Jubel aus.

»Die Gerechtigkeit hat gesiegt«, hallten die Stimmen wider.

»Alles lässt sich verstecken, nur die Wahrheit nicht. Eines Tages kommt sie ans Tageslicht«, hörte man die Alten rufen.

Tief gerührt erhob sich mein Vater: »Bei aller Freude bedauere ich, dass der Stammeskadi diese glückliche Stunde nicht mehr mit uns teilen kann. Seine Worte von der Kamelladung klingen noch immer in meinem Ohr.«

»Er ruht bei seinen Vorfahren. Niemand vermag den Lauf der Dinge aufzuhalten«, bemerkte der Stammesälteste.

»Dieser Moment muss gebührend gefeiert werden. Schlachtet drei Schafe und richtet ein Festessen aus!«, beschied der Scheich.

Während die großen Fleischbrocken in den Töpfen auf dem Feuer schmorten, ging es im Scheichzelt zu wie in einem Taubenschlag. Es war ein Kommen und Gehen. Bei jeder neuen Gruppe von Gratulanten gab mir mein Vater voller Stolz den Wink, das Dokument erneut vorzulesen. Und auch diejenigen, die den Urteilsspruch schon mehrere Male vernommen hatten, hörten genauso gebannt zu wie die Neuankömmlinge.

Ich kann nicht zählen, wie oft ich an diesem Abend und an den folgenden Tagen das Dokument zur Hand nehmen musste. Während ich für das Lesen zuständig war, übernahmen mein ältester Bruder und mein Cousin die Aufgabe, die Reise zur Feuerprobe in allen Einzelheiten zu schildern.

Und immer wenn mein Bruder zu dem Punkt gelangte, an dem der Feuerproberichter ihm die rot glühende Eisenpfanne entgegenhielt, ging ein Schaudern durch die Zuhörerreihen.

In den Tagen danach pilgerten Scharen von Menschen in das Scheichzelt. Alles was Rang und Namen hatte im Negev fand sich bei uns ein, um Glückwünsche zu überbringen.

Selbst die israelische Presse berichtete über unsere Reise zur Feuerprobe nach Ägypten. Seit der Staatsgründung Israels war dies der erste Rechtsfall, der durch eine Feuerprobe beigelegt worden war.

In die lange Reihe der Gratulanten reihte sich einer ein, der uns in besonderer Erinnerung blieb.

Mit einer Zeitung in der Hand erschien wenige Tage nach unserer Rückkehr der ehemalige Militärgouverneur. Wir wollten unseren Augen kaum trauen, als er das Zelt betrat. »Ich gratuliere dir zu dem Freispruch«, beglückwünschte er meinen Vater.

»Du? Nach allem was geschehen ist?« Mein Vater war verwundert.

»Wir wollen keine alten Wunden aufreißen«, erklärte der Besucher. »Die Militärverwaltung ist aufgelöst, ich bin in Pension und eure Angelegenheit hat ein gutes Ende gefunden.«

Nach kurzem Zögern erwiderte mein Vater: »Ich nehme deine Geste an.« Er bot ihm einen Platz auf dem Teppich an und überreichte ihm ein Schälchen Kaffee.

Ich verlängerte meinen Aufenthalt bei der Familie um weitere zwei Wochen und genoss das Glück in vollen Zügen. Geteilte Freude ist vielfache Freude.

Nach Ausklang der Feierlichkeiten verabschiedete ich mich schließlich von meinem Stamm. Als ich am frühen Morgen das Flugzeug in Richtung Europa bestieg, schwirrten unzählige Bilder und Eindrücke in meinem Kopf.

Die Geheimnisse der Feuerprobe sollten mich noch lange begleiten.

Nachtrag

Nach dem glücklichen Ausgang unseres Falles begann ich mich intensiv mit dem Phänomen der Feuerprobe auseinanderzusetzen. Ich durchforschte die verfügbare Literatur. In den Quellen über die Beduinenstämme des Vorderen Orients finden sich zwar Fragmente und Notizen darüber, eine fundierte Darlegung steht jedoch noch aus. Sicher scheint, dass sie weit verbreitet war.

Im Arabischen heißt die Feuerprobe »Al-besch'a«, der Feuerproberichter wird »Mubasch'« genannt. Ihr Urteil ist rechtsbindend, eine Berufung gegen sie ist ausgeschlossen. Die Beduinen sagen: »Ma ba'd al-nar mu'yar – Nach dem Feuer bleibt kein Raum für Zweifel über das Urteil.«

Die Feuerprobe ist dem beduinischen Gewohnheitsrecht zuzuordnen und nicht dem islamischen Recht »Schari'a«. Bereits bei den alten Arabern spielte das Feuer eine wichtige Rolle bei der Rechtsfindung, wie der deutsche Orientkenner J. Wellhausen beschrieben hat. Das Feuer als Träger besonderer Kräfte und Fähigkeiten lässt sich in den Rechtsgewohnheiten vieler Völker nachweisen, so der deutsche Ethnologe R. Thurnwald.

Als Heimat des sogenannten Ordal-Systems gilt Afrika. Bei den Bakosi in Kamerun beispielsweise besteht das Ordal darin, dass der Beschuldigte ein glühendes Beil aufhebt, um es etliche Schritte weit zu tragen. Verbrennt er sich dabei die Hände, gilt er als schuldig, bleiben die Hände unversehrt, ist er freigesprochen.

Die Feuerprobe findet sich aber auch im europäischen Kulturkreis. In seiner Novelle *Die Feuerprobe* beschreibt Werner Bergengruen einen Fall, in dem eine Frau des Ehebruchs beschuldigt wird. Um Schuld oder Unschuld zu klären, muss die Frau einige Schritte weit eine glühende Eisenstange tragen. Ihre Hände bleiben unversehrt, und damit ist ihre Unschuld bewiesen.

Während meiner Recherchen besuchte ich im Jahre 1981 Charlotte Bergengruen, die Witwe des Schriftstellers, in ihrer Wohnung in Heidelberg. Auf die Frage nach dem Hintergrund für diese Novelle versicherte sie mir, ihr Mann habe als Vorlage ein historisches Werk aus dem Mittelalter verwendet. Die genaue Quelle konnte sie mir jedoch nicht nennen.

Im Jahre 1982 hielt ich im Rahmen eines Symposiums der Freien Universität Berlin zum Thema *Nomadismus – Ein Entwicklungsproblem?* einen Vortrag über die Feuerprobe, der später auch als wissenschaftliche Publikation erschien*. Das große Echo bestärkte mich in dem Wunsch, den Feuerproberichter aufzusuchen.

* Salim Alafenisch: »Der Stellenwert der Feuerprobe im Gewohnheitsrecht der Beduinen des Negev«. In: Scholz, Fred & Janzen, Jörg: *Nomadismus – Ein Entwicklungsproblem?* Beiträge zu einem Nomadismus-Symposium, veranstaltet in der Gesellschaft für Erdkunde zu Berlin vom 11. bis 14. Februar 1982. Abhandlungen des Geographischen Instituts, Anthropogeographie, Band 33, Seite 143–158. Berlin: 1982. Siehe auch *www.unionsverlag.com/feuerprobe*

Aus dem Zettelkasten fischte ich das Papier mit der Adresse von Amer heraus und schrieb ihm einen Brief. Seine Antwort war positiv.

Bereits zwei Wochen später saß ich im Flugzeug nach Kairo. Es war ein Sonntag. Die Maschine war bis zum letzten Platz ausgebucht, und ich wartete sehnlichst auf den Abflug.

Nach einer Weile kam aus dem Cockpit die Mitteilung, der Abflug verzögere sich wegen technischer Probleme. Nach einer weiteren Stunde Wartezeit meldete sich die Stimme aus dem Cockpit ein zweites Mal: Der zuständige Ingenieur habe am Sonntag frei und müsse erst herbeigeholt werden, daher könne es noch dauern.

Nach drei Stunden war die Maschine endlich flugbereit, meine Reise zwischen Himmel und Erde konnte beginnen. Kaum hatten wir die Flughöhe erreicht, breitete sich eine unerträgliche Hitze aus. Unruhe kam auf unter den Passagieren. Kleinkinder schrien aus Leibeskräften, vergeblich versuchten ihre Mütter sie zu beruhigen. Während die Crew sich bedeckt hielt, verbreitete eine der Mütter nach einem Blick in das Cockpit die Nachricht, der Co-Pilot habe den Koran aufgeschlagen und rezitiere Koranverse. Er bitte darum, dass wir alle heil in Kairo ankämen. Mir wurde Angst und Bange angesichts dieser Neuigkeit, doch die Bitten des Co-Piloten schienen Gehör zu finden. Spät, aber wohlbehalten, landete das Flugzeug kurz vor der Morgendämmerung in Kairo.

Ich bestieg ein Taxi und fuhr in Richtung Suezkanal. Nach einer beschwerlichen Fahrt gelangte ich schließlich an mein Ziel. Der Feuerproberichter und seine Söhne empfingen mich mit großer Herzlichkeit, und nach kaum zwei Jahren saß ich erneut unter dem Vordach aus Palmwedeln. Im Unterschied zum letzten Mal konnte ich bei diesem Besuch das Fladenbrot und den Büffelkäse genießen.

Während des Gesprächs erkundigte sich der Feuerproberichter eingehend nach meinem Bruder, meinem Cousin und den anderen. Ich erzählte von meiner langen Reise.

»Ruh dich aus, du hast wenig geschlafen«, meinte der Gastgeber und wies auf die Hütte. »Wir können dir hier zwar kein Scheichzelt anbieten, aber du wirst dich auch in einer Hütte wohlfühlen.« Ich nahm das Angebot dankend an und zog mich auch gleich zurück.

Gegen Mittag weckten mich die Rufe des Muezzins, dann vernahm ich auch schon ein Klopfen. »Das Mittagessen ist bereit«, hörte ich die Stimme von Mamdouh, dem jüngsten Sohn des Feuerproberichters. Ein gegrilltes Huhn, Reis und frische Salate wurden gereicht, zum Abschluss trank ich noch einen starken Tee.

Das Tablett mit dem Essen war kaum abgetragen, als sich drei Männer dem Anwesen näherten, allem Anschein nach wegen einer Feuerprobe. Ich war neugierig auf den ersten Fall, wunderte mich jedoch ein wenig, warum die Männer Lederbeutel auf ihren Rücken trugen.

Nach der Begrüßung gesellten sie sich zu uns unter das Vordach, ihre Beutel stellten sie vor sich. Es schien, als ob man sich kenne. Einer der drei ließ mich nicht aus dem Auge, während er seinen Tee trank. »Gib mir was!«, wandte er sich unvermittelt an mich. Verblüfft schaute ich ihn an. Er knotete die Schnur des Lederbeutels auf, und eine Kobra reckte ihren Kopf. Ich zuckte zurück.

Der Feuerproberichter warf mir eine Zitrone zu. »Gib sie ihm!« Ich reichte die Zitrone weiter, und zu meinem Erstaunen drückte der Mann den Kopf der Schlange in den Lederbeutel zurück und schnürte ihn wieder zu. Erleichtert atmete ich auf.

»Salim, die drei Männer sind Schlangenbeschwörer«, klärte mich der Feuerproberichter auf.

»Der Gast ist nicht von hier«, merkte einer der Männer an und öffnete ebenfalls seinen Beutel. »Schau!«, forderte er mich auf. Zögerlich warf ich einen Blick ins Innere. »Das ist die Ausbeute von gestern und heute«, erklärte mir der Schlangenbeschwörer. »Wegen der großen Sommerhitze suchen die Schlangen die Kühle der Häuser auf. Wir gehen von Dorf zu Dorf und spüren die Schlangen in ihren Verstecken auf.«

Mit einer Mischung aus Neugier und Schauder hörte ich zu. Zwar hatte ich als Wüstensohn durchaus Erfahrungen mit Schlangen, doch solch eine Sammlung war mir bis dahin noch nie begegnet. »Ist das euer Beruf?«, wollte ich wissen. Die drei Männer nickten.

»Was macht ihr mit den Schlangen?«

»Wir sammeln sie ein, und Händler aus der Stadt kaufen uns die Tiere ab«, sagte einer der drei. Dann wandte er sich dem Hausherrn zu: »Du hast auf deinem Anwesen zwei Schlangen. Die große versteckt sich im Strohhaufen auf dem Hof.«

»Was verlangst du für sie?«, wollte der Hausherr wissen.

»Sechs Pfund«, lautete die Antwort.

»Ein stolzer Preis«, gab der Feuerproberichter zurück.

»Wenn sie eine Büffelkuh beißt oder gar einen von euch, ist der Schaden größer«, warnte der Schlangenbeschwörer.

Der Feuerproberichter lenkte ein: »Gut.«

Der Mann neben mir erhob sich, nahm seinen Stock zur Hand und stellte sich einige Schritte vom Vordach entfernt auf. Er richtete seine Blicke auf den Strohhaufen, hieb mit seinem Stock auf den Boden und murmelte dabei unverständliche Worte.

Es dauerte nicht lange, bis eine Kobra ihren Kopf aus dem Stroh reckte. Sie kroch hervor und schlängelte sich auf den Rufer zu. Drei Schritte vom Schlangenbeschwörer entfernt blieb sie, den Kopf aufgerichtet, regungslos stehen. Mit gekonntem Griff packte dieser die Kobra am Hals.

»Reich mir den Beutel«, forderte er mich auf. Mit stockendem Atem griff ich nach dem Riemen und reichte ihm den Beutel. Behutsam ließ der Schlangenbeschwörer seine Beute in den Lederbeutel gleiten.

Der Feuerproberichter und seine Söhne schauten sich vielsagend an. »Die Schlange ist wirklich groß«, stellte der Hausherr fest.

Der Schlangenbeschwörer nickte. »Das habe ich dir gesagt.« Er setzte sich wieder neben mich und trank einen Schluck Wasser.

Nun meldete sich der zweite Schlangenbeschwörer zu Wort: »Die Schlange in der Hütte ist ebenfalls eine Kobra, wenn auch etwas kleiner als die erste.«

Mir wurde heiß und kalt bei dem Gedanken, in unmittelbarer Nähe einer Schlange geschlafen zu haben.

»Wie viel verlangst du?«, erkundigte sich der Feuerproberichter.

»Fünf Pfund, keinen Piaster weniger«, erwiderte der Angesprochene.

»Das bekommst du«, versprach der Hausherr ohne Zögern.

Der Schlangenbeschwörer stellte sich vor den Hütteneingang, und der Vorgang von vorhin wiederholte sich, nur dauerte es diesmal etwas länger. Die Schlange schien ihren kühlen Platz nicht verlassen zu wollen. Der Schlangenbeschwörer klopfte lauter und schneller. Schließlich lugte die Schlange unter einem Stapel Strohmatten hervor.

Mir standen die Haare zu Berge.

Der Schlangenbeschwörer klopfte so lange, bis die Schlange die Hütte verließ. Widerstandslos ließ sie sich in den Lederbeutel packen.

Nach einem Blick auf mein bleiches Gesicht wandte sich der Hausherr noch einmal an die Männer: »Sucht das Anwesen nach weiteren Schlangen ab.«

Der dritte Schlangenbeschwörer schüttelte den Kopf. »Es gibt keine weitere Schlangen, das versichere ich dir.«

Der Feuerproberichter war zufrieden und händigte den Schlangenbeschwörern ihren Lohn aus. Die drei erhoben sich und schulterten ihre Lederbeutel. »Nächsten Sommer kommen wir wieder«, bemerkte einer beim Abschied. Mit reicher Beute im Sack und in der Gewandtasche verließen die drei Schlangenbeschwörer das Anwesen.

Nun, da der Hof schlangenfrei war, konnte ich gelassen abwarten, was die Tage mit sich bringen würden. Um mich zumindest äußerlich anzupassen, legte ich ein ägyptisches Gewand an.

Während der ersten Nacht in der Hütte lag ich lange wach. Die alten Erinnerungen an die Feuerprobe bedrängten mich, immer wieder versuchte ich sie zu verscheuchen. Schließlich war ich dieses Mal aus freien Stücken hier und würde die Feuerprobe mit anderen Augen sehen.

Am nächsten Tag luden mich Amer und sein jüngster Bruder Mamdouh zu einem Spaziergang durch die Gegend ein. Sie zeigten mir ihre Erdnuss- und Erdbeerfelder. Wir spazierten am Suezkanal entlang und besuchten ein Dorfcafé. Es stellte sich heraus, dass beide auf einer ägyptischen Universität studierten. Mamdouh hatte das Fach Wirtschaft gewählt, Amer studierte Agronomie.

Am Nachmittag saßen wir plaudernd unter dem Vordach und tranken Mangosaft. Als die erste kühlende Brise aufkam, gesellte sich der Feuerproberichter zu uns. Ich stellte ihm einige Fragen zum Ritual der Feuerprobe, die er mir bereitwillig beantwortete.

Der dritte Tag brach an. Wann immer sich Autos dem Anwesen näherten oder Passanten zu sehen waren, horchte ich auf, in der Hoffnung auf den ersten Feuerprobefall.

Am Nachmittag ging mein Wunsch in Erfüllung. Ein Mann von kleiner Gestalt in ägyptischem Gewand tauchte auf. Der Hausherr empfing ihn und bot ihm einen Platz unter dem Vordach an. Der Ankömmling nahm dankend einen Schluck aus dem Wasserkrug und fing auch gleich an zu erzählen.

Mehr als ein Vierteljahrhundert sei er nunmehr Beamter im Staatsdienst. Seit seiner Hochzeitsnacht vor zwanzig Jahren lebe er glücklich zusammen mit seiner Frau, ein Glück, um das ihn mancher Nachbar beneide. Nennenswerte Streitigkeiten gebe es keine, sie beide lebten in Harmonie.

Der Beamte hielt kurz inne. Es schien, als zögere er, sein Geheimnis preiszugeben. Der Feuerproberichter, mit solchen Situationen vertraut, wartete als geduldiger Zuhörer einfach ab.

Der Mann nahm sein Taschentuch zur Hand und wischte sich die Stirn. Dann sprudelten die Worte aus ihm heraus. All die Jahre sei er seiner Frau treu gewesen und er sei überzeugt, auch sie habe ihm die Treue gehalten. Doch seit einigen Wochen plage ihn der Verdacht, seine Frau habe Ehebruch begangen. Der Verdacht laste schwer auf ihm und raube ihm den Schlaf. Er sei wie ein gesprungenes Glas, er könne sein Leben nicht mehr genießen. Seine Frau frage ihn immer wieder nach seinem Kummer, doch wage er nicht, ihr die Wahrheit zu sagen. Er fürchte sich davor, sie zutiefst zu kränken. Andererseits könne er mit diesem Verdacht auch nicht weiterleben.

Der Feuerproberichter ließ den Bericht des Mannes auf sich wirken. »Was kann ich für dich tun in dieser Angelegenheit?«, erkundigte er sich.

»Ich will mich der Feuerprobe unterziehen«, lautete die Antwort.

»Wie? Nach welchem Text?«, bohrte der Richter nach.

»Ich unterziehe mich der Feuerprobe, dass meine Frau keinen Ehebruch begangen hat«, erwiderte der Beamte und fügte hinzu. »Sollte ein Freispruch erfolgen, werden meine Frau und ich unser Leben in Ruhe weiterführen.«

»Und wenn das Urteil auf schuldig lauten sollte?«, hakte der Feuerproberichter nach.

»Dann soll jeder von uns in Frieden seinen eigenen Weg gehen. Ich werde die Scheidung einreichen, ohne den Grund publik zu machen.«

Der kleine Beamte hatte sein Anliegen geschildert.

Seine klare Sprache, die Mimik und die Art und Weise, wie er seine Geschichte darlegte, verliehen ihm Glaubwürdigkeit.

Der Feuerproberichter dachte eine Weile nach. Dann machte er einen Vorschlag: »Unternimm beim nächsten Opferfest die Pilgerfahrt. Sie wird dein Herz und deine Gedanken reinigen.«

»So lange kann ich nicht warten«, gab der Beamte zurück.

»Dann machen wir die Feuerprobe«, entschied der Hausherr. »Ayad! Amer!«, rief er. »Facht das Feuer an und bringt das Heft.«

Amer notierte im Heft: »Ich unterziehe mich der Feuerprobe, dass meine Frau während unserer Ehe keinen Ehebruch begangen hat«, und der Mann setzte seine Unterschrift unter das Protokoll.

Was mein Bruder Suleiman zwei Jahre zuvor getan hatte, tat nun der ägyptische Beamte, mit dem Unterschied, dass er, ohne mit der Wimper zu zucken, dreimal hintereinander über die glühende Eisenpfanne leckte. Gespannt wartete ich, wie die Sache ausgehen würde.

Nach dem üblichen Ritual des Mundspülens präsentierte der Beamte dem Feuerproberichter seine Zunge.

»Deine Zunge ist unversehrt«, stellte dieser fest. Überglücklich sprang der Mann hoch und umarmte uns. »Ich bin frei. Endlich bin ich erlöst von diesem Verdacht. Meine Frau und ich bleiben zusammen, nur der Tod kann uns noch voneinander trennen.« Er strahlte über das ganze Gesicht.

»Vater!«, rief Amer, der Schreiber. »Soll ich ihm den Freispruch bestätigen?«

»Nicht nötig«, erwiderte der Feuerproberichter, »in diesem Fall kannst du dir das Blatt sparen.«

Kurz darauf verabschiedete sich der Beamte.

Ich hielt mich einen Monat beim Feuerproberichter auf. Während dieser Zeit konnte ich Dutzende von Fällen beobachten. An manchen Tagen war es ruhig, an anderen wiederum wurden gleich mehrere Rechtsfälle behandelt, bisweilen auch Fälle mit mehreren Angeklagten. Das Spektrum reichte von Diebstahl, über Sachbeschädigung, Streitigkeiten um Land oder Nachbarschaftszwiste bis zu Körperverletzung oder Mord. Die Liste ließe sich fortsetzen.

Aufmerksam lauschte ich den Geschichten, folgte dem Fortgang der Verhandlungen und lernte dabei die unterschiedlichsten Menschen kennen.

Wann immer ein Rechtsfall abgeschlossen war, zog ich mich in die Hütte zurück und machte mir Notizen. Die Mehrzahl der Fälle endete mit einem Freispruch; bei einem Teil jedoch ergab die Überprüfung der Zunge einen Schuldspruch.

Am späten Abend studierte ich gewöhnlich unter der Glühlampe alte Protokollhefte, die in einer Kiste verstaut waren. Sie erwiesen sich als eine wahre Fundgrube. Vorwiegend handelte es sich um Rechtsfälle aus Ägypten, daneben gab es aber auch Fälle aus Jordanien, Saudi-Arabien und Israel.

Mit der Zeit konnte ich mich als Protokollant nützlich machen und die Söhne des Feuerproberichters auf diese Weise entlasten. Angesichts der Vielfalt der Fälle, die meine ganze Konzentration erforderten, verging die Zeit wie im Flug.

Zwei Tage vor meiner Abreise sprach mich der Feuerproberichter auf die alten Hefte an. Zwar könne er mir die Hefte nicht mit auf den Weg geben, bei einem neuerlichen Aufenthalt könne ich sie jedoch abschreiben. Dankend nahm ich das Angebot an.

Bereichert um zahllose neue Eindrücke nahm ich Abschied vom Feuerproberichter und seiner Familie.

Im darauffolgenden Jahr, diesmal im Herbst, fand ich mich wieder ein. Am Tage saß ich unter dem Vordach und wohnte den Feuerproben bei, in der Nacht kopierte ich die alten Hefte und erstellte auch statistische Auswertungen der Rechtsfälle*. Auch dieses Mal hatte der Feuerproberichter alle Hände voll zu tun. Wieder flog die Zeit, und am Tag meiner Abreise verstaute ich sorgfältig die Aufzeichnungen und Kopien in meinem Gepäck. Zum Abschied beschloss ich, mit Amer noch einen Spaziergang am Suezkanal zu unternehmen. Wir ließen das Anwesen hinter uns und schlugen den Weg über die Felder ein.

Während wir miteinander plauderten, packte Amer mich plötzlich am Arm. »Vorsicht! Schlange!« Wie

* Siehe *www.unionsverlag.com/feuerprobe*

angewurzelt blieb ich stehen. Aus sicherem Abstand warf Amer einen Stein in Richtung der Schlange. Zu unserem Erstaunen blieb sie regungslos liegen. Bei genauerem Hinsehen entdeckten wir, dass sie tot war.

Die tote Schlange erinnerte mich an die Nacht vor unserer Abreise zur Feuerprobe. Mich ergriff ein Gefühl der Erleichterung. Vielleicht war dies die Schlange, von der ich mich in meinem damaligen Traum befreit hatte.

Über Salim Alafenisch

Der Schriftsteller und Erzähler Salim Alafenisch wurde 1948 als Sohn eines Beduinenscheichs in der Negev-Wüste geboren. Als Kind hütete er die Kamele seines Vaters, mit vierzehn Jahren lernte er lesen und schreiben. 1971 legte er in Nazareth das Abitur ab. Nach einem einjährigen Aufenthalt in London am Princeton College studierte er Ethnologie, Soziologie und Psychologie in Heidelberg, wo er seit 1973 lebt. Salim Alafenisch war von 1984 bis 1989 in der Erwachsenenbildung tätig. Er veröffentlichte mehrere Abhandlungen über die Beduinen. In zahlreichen Lesungen, Rundfunk- und Fernsehsendungen vermittelt Salim Alafenisch ein eindrückliches und lebendiges Bild der Beduinenkultur.

Die Kunst des Geschichtenerzählens hat Salim Alafenisch von seiner Mutter gelernt. Im Zelt seines Vaters, in dem Recht gesprochen und Gäste empfangen wurden, nahm er die Traditionen seines Stammes in sich auf und trägt sie nun weiter. In seinen Geschichten, die sich an Erwachsene, Jugendliche und Kinder richten, erzählt er vom Alltagsleben der Nomaden, von Sitten und Bräuchen der Stämme, von der Geschichte seines Volkes, aber auch vom Zusammenprall von Tradition und Moderne. Zu der geschilderten Welt gehören nicht nur das ungebundene Leben der Beduinen, Zelte und Lagerfeuer, Familienfeste, der nächtliche, zum Träumen anregende Sternenhimmel und die vielfältigen Zeremonien beim Ausschenken des gewürzten Kaffees. Er berichtet ebenso vom Umzug aus dem Zelt in ein steinernes Haus, von den Veränderungen, die der Bau des Suezkanals und die Ankunft von Kolonialbeamten mit ihren neuartigen Gesetzen mit sich brachten. Als bleibende Erinnerung eines in der Wüste geborenen Jungen nennt Salim Alafenisch die Nächte unter einer gemeinsamen Decke mit zweien seiner Geschwister. Der jahrelange allnächtliche Kampf um den Platz in der Mitte habe seine Jugendjahre geprägt – und augenzwinkernd schlägt er den Bogen zur westlichen Welt, in der sich die Politiker auch um den Platz in der Mitte streiten.

Seiner Stammeskultur ist er nach wie vor eng verbunden. Er sagt von sich, dass er nicht zwischen, sondern in zwei Kulturen lebe. Trotz der Situation im Nahen Osten wolle er keine Schreckensbilder zeichnen, denn die abendländische Kultur und das Wissen des Morgenlandes stünden sich nicht feindselig gegenüber, vielmehr befruchteten sie sich seit Jahrtausenden.

Salim Alafenisch ist Kulturbotschafter der Deutschen Welthungerhilfe. Seine Bücher wurden in mehrere Sprachen übersetzt.

Die acht Frauen des Großvaters

Wenn das Tagewerk vollbracht ist, ruft die Mutter ihre Kinder ums Feuer und erzählt ihnen Geschichten vom Großvater, dem mächtigen Scheich. Acht Nächte lang erzählt sie von seinen acht Frauen, von Glück und Sorge, von Streit und Versöhnung und vom vielfältigen Beziehungsgeflecht des alten Stammeslebens.

Das Kamel mit dem Nasenring

In einer stürmisch-rauen Winternacht hält der Stammesälteste die Zeltbewohner mit einer Geschichte wach. Sie ist länger als ein Kamelhals, denn es ist die Geschichte dieses Beduinenstamms, der in unserem Jahrhundert Umwälzungen erlebt hat, wie noch keine Generation zuvor.

Der Weihrauchhändler

Salem lernt die schöne Soraya bei der Getreideernte kennen. Sie tauschen Blicke, Botschaften und Geschenke und treffen sich heimlich am Brunnen. Doch nach der Ernte kommt der Abschied. Bis Salems Sehnsucht nach der Geliebten so groß ist und er von einem Nomadenlager zum nächsten zieht, um Soraya zu finden.

Das versteinerte Zelt

Der alte Beduine Musa wurde in der Zeit der Kamele geboren, in der Zeit der Zelte wuchs er auf, und nun soll er den Rest seiner Tage in der Zeit der Steine verbringen: Sein Stamm will die schwarzen Zelte aus Ziegenhaar gegen Steinhäuser eintauschen. Aber die Zeit der Steine bringt gewaltige Umwälzungen im Leben der Beduinen mit sich.

Amira. Prinzessin der Wüste

Vierzig junge Männer möchten die schöne Amira heiraten. Das sind so viele, wie die Halskette ihrer Großmutter Perlen hat. Aber nicht alle Perlen sind gleich. Man muss schon genau hinsehen, um die Edelsteine von den unechten zu unterscheiden. Und so gibt ihr die Großmutter einen Rat: Wähle den, der dir die schönste Geschichte erzählt.

Amira. Im Brautzelt

Amira, das schönste Mädchen der Wüste, kann sich nicht zwischen ihren drei verbliebenen Heiratsbewerbern entscheiden, und so bittet sie Khalil, Nabil und Talal um eine weitere Kostprobe ihrer Erzählkünste. Doch ihnen will einfach nichts einfallen. Hilfesuchend wenden sich die drei Heiratswilligen an ihre Mütter.

Die Nacht der Wünsche

Als den mächtigen Sultan auf dem Lager seiner jüngsten Haremsdame eine sonderbare Schwäche befällt, nutzt die schöne und kluge Zahra das Missgeschick des Tyrannen: In betörenden Märchen erzählt sie ihm von Geschichte und Gebräuchen, Menschen und Mythen seines Reiches, um das sich der hab- und machtgierige Herrscher nie gekümmert hat.